アクトアップ

警視庁暴力班

石川智健

朝日文庫

本書は書き下ろしです。

contents—目次

アクトアップ
警視庁暴力班

prologue　―プロローグ

祭《まつ》り囃子《ばやし》が掻《か》き消されるほどの喧噪《けんそう》が方々から聞こえてくる。音の塊が身体《からだ》にぶつかっているような圧だった。

煌《きら》びやかな御輿《みこし》が街中をめぐり、その周囲では、色とりどりの半纏《はんてん》を着た人々が入り乱れている。東京都台東区《たいとうく》浅草《あさくさ》の浅草神社で行なわれる例大祭――通称、三社祭《さんじゃまつり》――は見物客でごった返している。

五月にもかかわらず、汗がしたたり落ちるほどの暑さだった。それに輪を掛けるように、人の熱気が立ちこめていた。

浅草寺《せんそうじ》の雷門《かみなりもん》の周囲の人だかりに視線を向ける。その一帯はぼんやりとしており、湯気が出ているかのように見えた。

強い日差しに顔をしかめた北森優一《きたもりゆういち》は、ワイシャツの胸元に指を入れ、汗で張り付く服を剝《は》がし、通りすぎる御輿に目をやった。例年、見物客は約二百万人にのぼる。御輿は百基ほどもあり、封鎖されて車両が通れなくなった道路を人が埋め尽くしていた。

今日は、三日間行なわれる三社祭の最終日。時刻は十五時を回っていた。今のところ、不穏な空気はなかった。

三社祭の開催に際しては例年、多くの警察官が動員される。かつては御輿を担ぐ同好会の七割が暴力団員で、祭り自体が暴力団の資金源になっていた。このことを憂慮した東京都は、組織名の入った半纏を着用させないよう要請するなどの対策を講じ、担ぎ手も刺青《いれずみ》禁止のルールを設けたが、刺青祭とも呼ばれているように、そこここに刺青を彫った人が見られた。

そして、参加するのは地場の暴力団員だけではなく、遠征してくる輩《やから》もおり、乱闘騒ぎが起きたこともあった。

当時の活気を懐かしむ人もいるというが、一般市民に危害が加えられる恐れがあるため、規制は当然の流れだ。ただ、今も三社祭に参加する面子《メンツ》を見ると、依然として暴力団関係者がいるのが実情だった。

北森は身体に滞留した暑さを逃すように息を吐き、額から流れてきた汗をハンカチで拭う。湿り気を帯びたハンカチが不快だった。

最難関の大学を卒業し、キャリア組として警視庁に入った北森は、警視庁組織犯罪対策特別捜査隊特別班の班長である。通称、暴力班を率いる北森は痩《や》せ型で、これまで暴力とは無縁の生活を送ってきた。入庁してすぐ、ごたごたに巻き込まれて今のポジションに落ち着いている。一時は警視庁を追われそうになったものの、なんとか踏みとどまることができていた。まさに、首の皮一枚といったところだった。

現在二十四歳。出口の見えない、前途多難の警察人生。

「あの噂、嘘《うそ》だったみたいだねぇ。まぁ、最初から怪しかったけど」

隣にいる小薬学《こぐすりまなぶ》が呟《つぶや》く。

ガードレールに腰掛け、手にかき氷を持っている。緑色のアロハシャツを着ていても、屈強な肉体を隠せていなかった。長い髪を後ろにまとめており、両サイドを刈り込んでいる。いわゆるツーブロックだ。その容姿は、完全に見物客と同化していた。いや、むしろ反社会的勢力の一員に見える。四十一歳の小薬は元プロレスラーで、引退後、警視庁に入庁している。そして、暴力班に配属された。メンバーの中では話が通じるほうであり、これでも暴力班の中では、比較的威圧感はなかった。

「そうかもしれません……そうだといいんですが」

北森は願望を口にする。

――あの噂。

嘘であってほしいと心から願う。

今回の三社祭に合わせて、半グレ集団が地場の暴力団組織を襲撃しようとしているという情報があった。縄張りを荒らす半グレ集団の一人を拉致《らち》した暴力団組織に報復するということらしい。その噂を聞いてきたのは、暴力班の司馬有生《しばゆうき》だった。元ラガーマンの司馬は、その巨体と怖い顔を遺憾なく発揮して、犯罪組織を文字通り蹴散らしていく危険人物だった。警察官でありながら、組織から無法者というレッテルを貼られている。その評価は間違ってはいなかった。

ただ、どの暴力団組織を狙っているのかといった詳しい内容までは分からなかったらしい。

非常に曖昧な情報だったが、暴力団の抗争があれば一般市民が巻き込まれる恐れもあるため、無視することはできない。

浅草には暴力団事務所が二十カ所ほどあった。それぞれの事務所に人員を配置すれば良いのだが、はみ出し者の集まりである暴力班の言うことを聞いてくれる上層部は皆無だった。それに、抗争があるという確たる証拠はなく、あくまで司馬が聞いただけなので、応援を要請しようがない。暴力班のメンバーは五人。この人数では二十カ所を網羅することはできないため、結局、歩き回るしかなかった。

噂については北森も半信半疑だったものの、司馬の情報網は馬鹿にできなかった。今までも、いろいろなネタを持ってきており、その半分ほどが正確な情報だった。どこから入手したのかは決して教えてはくれなかったが、普通の相手からでないのは間違いない。

北森はため息を吐《つ》く。半グレ集団と暴力団組織の衝突を警戒しているが、それ以上の懸念が頭をもたげる。

「……僕は、司馬さんと関屋《せきや》さんが一緒に行動しているのが心配で」

不安を吐露する。

二人は、見回りをすると言って途中から別行動を取っていた。あの二人が揃《そろ》うと、面倒ごとが発生する確率が上がる気がしていた。いや、確実に上がる。

「まぁ、大丈夫じゃない？　力丸《りきまる》くんを同行させているし、なにかあったら連絡があるんでしょ？」

常日頃から柔らかな口調の小薬は笑みを浮かべ、楽観を述べる。いや、この状況を楽しんでいるかのように見えた。

「力丸さんは、まぁ大丈夫だと思いますけど、司馬さんと関屋さんの二人が突っ走ったら……」

考えるだけでも恐ろしく、暑いのに身震いした。

暴力班が暴れるたびに、言い訳のための大量の報告書を作成しなければならないし、場合によっては責任を取らなければならない。むしろ、今まで懲戒免職を免れているのが奇跡だと感じる。

運が良いのだろうと考えたが、この状況に置かれている時点で、運気は最悪だ。前世で悪いことでもしたのだろうかと、最近は本気で悩んでいた。

ため息を吐いたタイミングで携帯電話が鳴った。

ディスプレイを見ると、力丸の名前が表示されている。嫌な予感しかない。

身体の表面には汗が流れているが、芯の部分が冷たくなったような感覚に陥る。

通話ボタンを押し、耳に当てた。

「なにかありましたか？」

一瞬、間があった。

〈……あの……聞こえていますか？〉

力丸の声が動揺している。

「聞こえていますよ。なにがあったんですか？」

〈えっと……〉

僅かに震える声。電話の向こう側の力丸が八の字眉の困り顔になっているのが容易に想像できた。

〈ちょっとまずい感じになったので、それで、お知らせしようと思いまして〉

「まずい？　なにかあったんですね？」

鼓動が速まる。話が遅々として進まないことをじれったく感じたが、声には出さないよう心掛ける。

〈なにか……そうです。でも、言葉で説明できないので、来ていただきたいんですけど〉

力丸の声とは別に、電話の向こう側から怒声が聞こえてきていた。

場所は、浅草寺の北側だという。奥浅草とも、観音裏《かんのんうら》とも呼ばれているエリアだ。目印を聞くと、脇尾《わきお》組の事務所だという。

電話を切り、大きく息を吐いた。

「あ、ついに勃発？」

楽しそうな声。かき氷を持ったまま、小薬は愉快そうに笑っていた。

奥浅草に拠点を構える脇尾組は、プロ野球チケットなどを転売するダフ屋や、祭りでのテキヤ稼業をしていたが、不景気からか、近年は売春斡旋《あっせん》などをしているという噂もあった。派手な組織ではないが、活動監視対象だ。

人にぶつからないように注意しながら、走って現場に到着する。

観音裏に行くと、観光客の姿が一気に少なくなった。現場は、戸建て住宅や会社事務所が密集するエリアに建つ、三階建ての細長い建物だった。防犯カメラが三台設置してあり、窓がない。見る人が見れば、暴力団の事務所だとすぐに分かる造りをしていた。

建物を見上げる。不気味に思えるほど静かだった。場所を間違えたのだろうか。

「これ、血かもね」

まだかき氷のカップを手に持っている小薬が指差す。入り口付近の地面のコンクリートに、黒ずんだ染みが付着していた。

「それか、かき氷のシロップ」

小薬が茶化《ちゃか》すように言う。先ほどから食べているかき氷は、イチゴシロップだった。今は三社祭の真っ最中だ。その可能性も僅かにあるなと思いつつ、建物に近づいて聞き耳を立てる。

すると、ちょうど力丸が出てきた。ぼさぼさの髪。元力士の力丸は、背は高くないが横幅がある。髷《まげ》を結《ゆ》ったら、すぐにでも角界に戻れそうな雰囲気だった。力丸は高校卒業後に相撲部屋に入門し、すぐに三段目に昇格。しかし、両足首靱帯《じんたい》断裂で途中休場し、それからというもの、ヘルニアなどに苦しんで現役を引退した。ただ、今も抜群の運動神経の持ち主で、ときどき古巣の相撲部屋に顔を出して稽古をしているということだった。

「北森さん！」

困り顔の力丸の口調には、安堵《あんど》が込められている。

「司馬さんと関屋さんはどこですか？」

北森が質問をしたとき、力丸の肩のあたりに赤いものが付着していることに気付く。これは、明らかに血痕だ。不安が的中した。

「……なにがあったんですか」

北森の視線に気付いたのか、力丸は肩を見て、驚いたように目を見開いた。

「あー、これは……僕のものではないです。返り血ってやつです」

そんなことは分かっていると言いかけたとき、ビルから三人の男が出てきた。司馬と関屋。そして、両手に手錠をかけられた男。

「よお、遅かったな」

司馬が言う。バイソンを彷彿《ほうふつ》とさせる巨体を揺すっている。返り血も、力丸の比ではなかった。司馬はかつて大手製鋼会社の実業団に所属し、社会人ラグビーユニオンの全国リーグであるトップリーグで活躍していた。しかし、アキレス腱《けん》を痛めた上、靭帯断裂によって運動能力に衰えを感じて引退。その後、製鋼会社に半年勤めた後に退職し、警視庁に入庁。数々の実績とトラブルを積み上げていき、暴力班に所属することになった。

隣にいる無言の関屋は司馬よりも身体は小さかったが、服が盛り上がるほどの筋肉の持ち主だった。髪を伸ばしており、警察官には到底見えない。もともと関屋は第六機動隊で、警視庁レスリングクラブに所属していた。オリンピック候補選手だったが、暴力沙汰を起こして暴力班に流れ着いた。

「……なにしているんですか」

北森は、こめかみの辺りを指で揉《も》みながら訊《たず》ねる。

司馬は、片方の眉を上げた。

「いやぁ、実に偶然だったんだが、半グレがどこかの暴力団を襲撃するって噂があったろ？　それで、その噂どおりに二つの組織が抗争していて、ちょうどそのときに偶然近くを歩いていたから、警察官として見過ごせないと思って介入したんだ。それで、偶然にもこいつを捕まえたってわけだ。偶然っていうのは、重なるものだな」

白々しいセリフを吐きながら、白い歯を覗《のぞ》かせる。

「この男は？」

北森が指差す方向には、司馬に肩を組まれた男がいた。

短髪の男は痩身だが、司馬と同じくらい上背があった。目の上が腫《は》れ上がり、口の端が切れている。まるで、試合直後のボクサーのようだ。

「こいつは、半グレ集団の白虎団《バイフー》のトップ、憂炎《ユーエン》だ」

白虎団のユーエン。

白虎団は、渋谷が発祥の半グレ集団だ。ぼったくりバーや管理売春などをしている組織で、率いているのが中国人のユーエンだった。体軀《たいく》はがっしりとしていたが、細身で背が高く、モデルをやっていると言われても信じてしまうだろう。顔のパーツも整っているようだが、今はぼこぼこだった。

「いやぁ、本当、偶然通りかかって仲裁できて良かった。こいつら、死人が出かねないほどの乱闘をしていたからな。後で救急車を呼ばないとな」

そう言った司馬は、背後に立つビルを見てから、視線を関屋に向ける。

「そうだろ？　俺たちが仲裁しなかったら、大変なことになっていたよな？」

関屋は無言で頷《うなず》く。元レスリング選手の関屋は、過去に所属していた機動隊で上司を殴っている。理由は知らないが、明確な事情がありそうだった。

「……仲裁？　お前たちが急に入ってきて、めちゃくちゃに暴れ出したんだろ」

ユーエンは吐き捨てるように言う。流暢《りゅうちょう》な日本語だった。

司馬は朗らかな笑い声を上げた。

「いやいや、俺たちは仲裁したんだよ。手も足も出していないじゃないか。少なくとも、手や足を出したという客観的な証拠もなければ、目撃者もいない。たとえ、お前らがそう訴えたとしても、誰も信用しない。日頃の行いが悪いと、こういったときに大変だよなぁ」

暴力班の日頃の行いも大差ないと思いつつ、この状況をあえて仕組んだのだなと察する。司馬はもともと、白虎団が脇尾組を襲撃することを把握していたのだろう。それでいて、北森にそのことを伏せていた。勝手に行動せずに暴力班を浅草に駆り出したのも、北森に尻拭いをさせる魂胆《こんたん》からだろうと邪推する。

北森は、司馬を睨《にら》みつける。

「どうして、白虎団の動きを摑《つか》めたんですか？」

問いを受けた司馬は、頰の辺りを指で搔く。話をするかどうか迷っているようだ。

「だから、偶然だって」

「偶然居合わせたなんて、誰も信じないですよ」

「信じようが信じまいが、事実だからな」

「……どこにも報告しませんので、教えてください」

「そうか。それなら教えてやる」

北森が折れたので、司馬は破顔する。

「実はな、白虎団に縄張りを乱す行為をさせるよう仕向けて、抗争に発展させるように誘導したんだ。それで、白虎団に脇尾組を襲撃させた。襲撃する日時も、内通者を使ってすべてお膳立てしてやったんだ。ここら辺の住人は祭りで出払っているから、巻き込まれる心配も少ない」

司馬は誇るような口調で続ける。

「白虎団のほうに勢いがあるから、脇尾組はひとたまりもないだろう。ただ、脇尾組もいっぱしの暴力団だから、善戦すると思っていたんだ。実際、なかなか派手に戦っていたよ。それで、両者が消耗したところに俺と関屋が割り込んで、全員を伸《の》したってわけだ。漁夫の利ってやつよ」

「……どうして、襲撃に俺も同行すると知っていた?」

首根っこを掴まれているユーエンが憎々しげに問う。

司馬はにやりと笑う。

「脇尾組にカチコミをするなんて一大イベントだ。お前は必ず現れる。勇敢さが売りなんだろ? それで組織を統率してきたんだから、必ず出てくると踏んだんだ。度胸を見せなきゃ示しがつかないだろ? 半グレってのも大変だよな……それに、まぁ、裏切り者を仕込んだから、情報は筒抜けだ」

その言葉を聞いたユーエンは、一点を凝視してから舌打ちする。裏切り者の顔でも思い浮かべたのだろうか。

司馬は、ユーエンの背中を押した。

「暴行とか売春斡旋とか、いろいろな罪で逮捕する。ずいぶんとあくどいことをしてきたよな。女を喰《く》いものにしやがって」

「……皆、好きでやってるんだ。俺はその仲介とケツ持ちをやっただけだ」

「ケツ持ち? ヤクザみたいな言葉を使いやがって。全部、お前の主観だろう」

「……俺たちなんて、まだ可愛《かわい》いもんだ」

ユーエンは毒づく。

白虎団は、日本人女性の売春だけでなく、技能実習生の外国人女性をそそのかして売春や非合法活動をさせているという噂があったが、今まで摘発できていなかった。技能実習生の数は四十万人を超えており、近年は、一年間で一万人近くが失踪していた。その理由は、実習先での過酷な労働環境や苛《いじ》めだった。また、月の手取りが九万円とあまりに少額なケースもあり、そういった不法就労ビジネスが横行しているのも一因だ。ユーエンは、逃げ出したいと考える技能実習生を失踪させる手引きをしていると言われていた。今回の逮捕によって、実態を明らかにできるかもしれない。

パトカーのサイレンの音が近づいてきている。乱闘時の騒動を聞きつけた近隣住人が通報したのだろう。

北森は頭を掻きむしりたい衝動に駆られる。

上手《うま》い言い訳を考えるため、思考をフル回転させた。

複数のパターンを検討しながら、長嘆息《ちょうたんそく》を吐いた。

最近、こういうことにしか頭を使っていない気がして、うんざりする。

part1 Action
―アクション

1

通称、暴力班。

正式名称、警視庁組織犯罪対策特別捜査隊特別班。暴力団と字面と発音が似ていることから、一部の警察官からはそのまま暴力団と揶揄《やゆ》されている。

近年、暴力団をはじめ、不良外国人や薬物の密輸、密売グループは、それぞれが独立しているわけではなく、結びつきを強めて複雑化している。それに対抗するため、組織犯罪対策部も専門知識を持った人員を配置し、総合的に取り締まることができるようにしていた。警視庁にある五つの組織犯罪対策課はそれぞれが特色を持ち、そこにぶら下がっている班にも個性がある。その中でも、組織犯罪対策特別捜査隊の更に特別と銘打った北森の班は、完全に異質で異様な存在だった。

班長は北森。そして、部下となるメンバーは四人で構成されている。

司馬有生は三十六歳で、元ラグビー選手。猛獣のように気性が荒く、頭に血が上ったら手がつけられない性格。身長が百九十センチメートル以上もあり、目の前に立つと壁がそびえているような圧迫感があった。

三十一歳の関屋庸介《ようすけ》は元レスリング選手。寡黙だが、戦闘になれば率先して攻撃に加わる。

三十歳の力丸光男《みつお》は元力士だ。温和な性格で、〝暴力〟という言葉が似合わない風貌をしているが、怪力の持ち主だった。

最後は四十一歳の小薬学で、元プロレスラー。飄々《ひょうひょう》としており、話好きで調子が良い。

北森を除く全員が、元スポーツ選手だった。当然、偶然ではない。意図的に集められたメンバーだ。

組織犯罪を捜査するのには危険が伴う。好戦的な容疑者も多く、武器の使用も想定された。そういった危険因子に対応できる人員を集めたのが、警視庁組織犯罪対策特別捜査隊特別班のメンバーだ。

要するに、暴力に対抗するための腕力を持ち合わせた人間が集められたのだ。暴力班という通称は的を射ている。

「はぁ、疲れた」

机に足を乗せている司馬が、嘆くように言う。

「なにかしましたっけ？」

北森の指摘を受けた司馬は、眉間に皺《しわ》を寄せた。

「あ？　資料の精査をしていただろうが」

迫力のある口調。ただ、北森は動じなかった。一年前に、被害者の腕の骨を切り取る連続殺人事件を解決して以降、肝が据わった気がしていた。

慣れたのか、それとも感覚が鈍くなっただけかもしれない。どちらにしても、暴力班の班長としてなんとかやっていくことができている。

北森は頬杖《ほおづえ》をつく。

「疲れたって……デスクワークじゃないですか。要するに、座っているだけです。現役時代のラグビーの試合に比べたら、なんでもないでしょう」

「うるせぇ！　ここに閉じ込められているだけで気詰まりなんだよ！」

舌打ち混じりに言った司馬は、時計を確認する。十七時四十分。終業は十八時だった。

北森は、先ほどまで白虎団に関する資料の確認を行なっていた。

白虎団のメンバーが外国人技能実習生のコミュニティーサイトを運営し、そこで技能実習生をスカウトしていたようだ。顔が良い女性に対しては売春の斡旋を行い、男にはヤクの売人といった非合法の仕事をさせていたという。衣食住を保障し、トラブルの解決や、母国への送金も手伝っていたらしく、白虎団の評判は上々だった。

裏を返せば、それほど外国人技能実習生を取り巻く環境は厳しいということだ。現在では技能実習制度ではなく、育成就労制度と名を変えたが、日本で働く外国人技能実習生は四十万人ほどいる。発展途上国の人材育成という国際貢献を制度の目的として謳《うた》っているが、現実には労働環境の厳しい業種の穴埋めになっている実態があり、賃金未払いや暴力などのトラブルが相次いでいる。

発展途上国の人間を安く使っていることから、一部では人身売買と非難されてもいた。

実際、劣悪な環境や賃金未払いによって逃げ出したベトナム人技能実習生が、埼玉県上里町《かみさとまち》に身を寄せ合っているケースもあった。その一帯は失踪村と呼ばれているらしい。ほかにも、岐阜市郊外の縫製工場では、中国人女性の基本給が月に五万円で残業手当は時給三百円、休日は月に一度で、朝の七時から深夜まで休みなくミシンを踏んでいるという告発もあった。彼女たちが住む寮は、冷暖房設備もなく、冬には部屋でダウンジャケットを着ており、パスポートも貯金通帳も経営者に取り上げられている。まさに、奴隷労働と言っていい待遇だった。

白虎団による外国人技能実習生の引き抜きは犯罪だが、そういった誘惑になびいてしまうほど、現在の技能実習生としての立場は劣悪な場合があるということなのだろう。

ユーエンは取り調べで、強制的な連れ去りは一切ないと断言していたようだ。あくまで合意の上であり、むしろ実習生のほうから打診されることもあったという。ユーエンの下で働いていた元実習生たちも同様の証言をしているようなので、嘘ではないのだろう。

　北森は、目頭を揉む。

　ユーエンの逮捕後、暴力班は元実習生たちの証言をまとめ、押収した帳簿から金の流れを確認する作業をしていた。

　書類の束に目を落とす。

　司馬の言うとおり、一日中この空間で作業しているのは、たしかに気詰まりだろう。

　暴力班は、組織犯罪対策部の下にぶら下がっている。ただ、周囲から爪弾《つまはじ》きにされているため、暴力班にあてがわれた部屋は、警視庁本部庁舎の北側の一室で、もともとは使用されない什器《じゅうき》などを保管しておく備品庫として使用されていたところだった。湿気が多く、黴《かび》の臭いがした。

　一応は事務所の体を成したレイアウトだったが、倉庫の中で仕事をしているような感覚は拭えなかった。

　それでも、最近は小薬が観葉植物を持ってきたり、アロマを焚《た》いたりと、居心地の良い空間になってきている。今日も、小薬が厳選した香りが漂っていた。

　司馬の隣の席に座る関屋は、半眼になっていた。視線を机に落としている。一見して資料を読んでいるように見えるが、おそらく眠っているのだろう。

その向かいには、小薬が資料を広げた状態で、鼻歌交じりにタロットカードをめくっていた。占い好きの小薬は、一日に何度か占いをして遊んでいた。ただ、本人は暴力班の今後の運勢を随時確認しており、業務の一環だと主張している。

「あ、十六番のタワー！　うーん、結構最悪って感じ」

タロットカードを凝視しながら、小薬が呟く。

「予期せぬ出来事。そして、対立が起きそうだよ」

小薬は、なにかを言いたげな視線を北森に向けた。

苦笑いを浮かべた北森は占いというもの自体を信じていなかったが、小薬の占いはときどき当たる。いや、結構当たる。

どうか外れてくれと願いつつ、視線を移動させた。

力丸は休暇を取っていたので、小薬の隣の席は空いていた。

もう少しで終業だ。時計の針が動くのが遅いなと思っていると、暴力班の部屋の扉がノックされ、女性が入ってくる。

「こんにちは！」

快活な声を発したのは、東洋社《とうようしゃ》が発行する週刊東洋の記者である歌野《うたの》陽子《ようこ》だった。髪を後ろで結び、一つにまとめている。年齢は三十歳と聞いているが、大学生と言われても違和感のない童顔だった。ジーンズにTシャツというラフな格好をしていた。

「あ、これってフロリハナのエッセンシャルオイルですか?」

くんくんと鼻を動かした歌野が問う。

「そうそう」

笑みを浮かべた小薬が応じる。

「家の近くに実店舗があったから寄ってみたら、気に入っちゃって」

「ここのオイル、良いですよねぇ」

「高いけどね」

「でも、本場南フランス発のオーガニックアロマテラピーブランドっていうのも評価高いですよ」

「そういったブランドに弱いからねぇ」

小薬は言いつつ、いつも使っているリュックサックから青色の小さなペットボトルを取り出した。

「これ、イランイランのフローラルウォーター。エキゾチックな花の香り」

歌野は嬉《うれ》しそうな声を上げる。

「こういうのって、ハマるとお金が飛んでいきますよね。私も、キャリアオイルとかアロマスプレー、家にめちゃくちゃありますから」

しばらくアロマ談義に花を咲かせていた歌野は、話に一区切りつくと、北森に向き直った。

「で、なにか面白いことはありますか？」

すでに仕事の顔になっている。切り替えが早いなと北森は内心で感嘆した。

歌野は周囲を見回し、広げられている書類に目をやった。

「あ、これは先日逮捕した白虎団の件ですか。大変ですねぇ」

言いながら覗き込む。

暴力班部屋には、資料が大量に置いてあった。上からの命令で、白虎団に関わった外国人技能実習生をリスト化しなければならなかったからだ。半ば、嫌がらせのような指示だったが、従うしかない。

歌野は白虎団の案件に興味がないらしく、詳細を聞いてくることはなかった。

「今日はどうしたの？」

小薬が問うと、歌野はようやく本題を思い出したかのように目を見開いた。

「そうでした。ちょっと、これから長期取材があるので、その挨拶に来ました」

歌野は、少しかしこまった調子で言う。

小薬が驚いたように目を見開いた。

「え？　長期取材？　海外に行くの？　いいなぁ、海外」

「いえいえ、国内です」

「国内？　どこ？　北海道とか沖縄？」

「東京です」

「……東京？　それなのに長期？」

釈然としない表情を浮かべた小薬が問うと、歌野は困ったような表情になった。

「そうです。東京です」

小薬は首を傾《かし》げる。

北森も疑問に思う。東京で長期取材。よく分からなかった。

あまり話したいことではないのか、歌野はそれ以上の情報を伝えたくないようだった。

「あ、これ。さっき行った取材先でもらっちゃって。私はダイエットしているので食べないですし、日頃からお世話になっていますので、どうぞ皆さんで食べてください」

そう言って紙袋を渡してくる。どうやら、和菓子のようだった。

週刊東洋の歌野は、暴力班を取材源の一つにしている。対して、それ以外のメディアは暴力班の存在をほとんど無視していた。警察組織全体から睨まれている暴力班に近づくメリットが少ないからだ。

警視庁の記者クラブは三つあり、歌野が勤務している東洋社の親会社である東洋新聞社が所属する記者クラブは最小規模で、最大規模の七社会に比べると、警察幹部との繋《つな》がりも弱く、情報収集が難しい。歌野は夜討ち朝駆けの聞き込みだけではなく、暴力班をも取材対象にしていた。有力な他社は暴力班には一切近づかないし、目も合わせない。上層部から、はみ出し者とは付き合うなと、きつく言われているのだろう。

「あれ、力丸さんは？」

歌野の問いに、和菓子を受け取った小薬は意味深長な笑みを浮かべる。

「今日も休み。最近、休みが多いでしょ」

「体調でも悪いんですかね」

「全然。逆に良いんじゃない？」

小薬の表情がほんの少しだけ下卑《げび》たものに変化したのを、北森は見逃さなかった。

なにか、あるのだ。

たしかに最近、力丸は有給休暇を取ることが多かった。有給休暇の取得は当然の権利であり、旅行をするわけではないということだったので、休暇の理由や行き先を聞く必要もないと考えていた。

小薬は、力丸が休みがちになった理由を知っている。

「それでは、取材が終わったら伺います！」

背筋を伸ばした歌野が続ける。

「良いネタあったら、私のために取っておいて下さい！」

「気をつけてねー」

小薬に見送られ、歌野は部屋を出ていってしまった。

扉が閉まる。

「……あいつ、なにしに来たんだ？」

司馬がガムを噛《か》みながら呟くと、ちょうど十八時になった。

「よーし、終わった終わった」

立ち上がって背伸びをした司馬は、頭を倒して、首の骨を鳴らす。関屋が背伸びしている。終業時間になって、ようやく目を覚ましたのだろう。

「さて、これから飲みにでも――」

司馬が欠伸《あくび》をしながら言っている途中で、部屋の扉が開いた。歌野が忘れ物でもしたのかと思ったが、現れたのは捜査第一課長の宇佐美《うさみ》だった。不愉快そうな表情を顔に浮かべているが、これが普段からの表情だった。仏頂面《ぶっちょうづら》というあだ名がつくのも頷ける。

立ち上がった北森は、宇佐美に目礼をした。

「なにかありましたか」

「殺しだ。お前たちも臨場しろ」

電子音のような、感情のこもっていない声だった。

鋭い視線を向けた宇佐美は、北森に折り畳まれた紙を渡す。広げてみると、そこには住所が書いてあった。

視界の端で、司馬が嫌そうな表情を浮かべているが無視する。

「……殺しですか？」

北森が問うが、宇佐美はそれ以上の情報を与えることなく立ち去ってしまう。

宇佐美は愛想がないものの、暴力班を気遣っていることが窺《うかが》えた。ある一件によって暴力班は警察組織全体から嫌われ、腫れ物に触れるように扱われている。ただ、組織から孤立する可能性もあったところを、一課長の宇佐美は暴力班を無視せず、捜査に加えてくれていた。

暴力班が呼ばれる案件は、大体が反社会的勢力絡みだったが、困難と思われる殺人事件にも予《あらかじ》め呼ばれることがあった。過去、在日米軍が絡んだ事件を担当させられたときは、いわば厄介事を押しつけるという意味合いもあったし、非常に面倒な事件だった。あのときは暴力班が活躍したが、その働きは警察組織内ではまったく評価されていない。

暴力団関係か、それ以上の厄介事か。

どちらにしても、暴力班が臨場する事件に、楽な案件はない。

「まったく、タイミング悪《わり》ぃなぁ」

司馬が小言を漏らすが、北森は聞こえないふりをした。

警視庁本部庁舎の地下駐車場に停《と》めているランドローバー・ディスカバリーに乗り込む。暴力班が捜査車両として勝手に使っているものだ。司馬の私物で、ラグビー選手時代になにかの副賞で貰《もら》ったものらしいが、司馬は酒が飲めなくなるという理由から、ほとんど車の運転をしなかったため、現在は捜査車両として使っていた。正式には私有車を使用することは認められていないが、暗黙の了解になっている。

ブラックボディのランドローバー・ディスカバリーは、百九十センチメートルの人が七人乗れると謳われている車だった。暴力班のメンバー四人が乗ると手狭だったが、今日は力丸がいなかったので、車内が広く感じた。

運転は毎回、北森の担当だった。一度、司馬が運転したらスピード超過をしていたし、関屋のときは路肩に車を擦《こす》ってしまった。小薬と力丸は免許を持っていない。以後、運転は必ず北森がすることになっていた。

都心環状線を使って向かった先は、豊島《としま》区池袋《いけぶくろ》三丁目だった。

池袋といえば駅周辺の繁華街を想像するが、駅から少し離れると民家が多い。宇佐美から手渡された紙に書かれた住所に到着する。規制線が張られており、パトカーが数台止まっていた。

空は鈍色《にびいろ》の重い雲に覆われ、圧迫感を感じるほどだった。

制服警官や鑑識の数がやけに多く、物々しい。メディアの姿もある。それだけで、普通の殺人事件ではないことを物語っていた。

規制線から少し離れた場所で車を降りる。近づいてきた制服警官に警察バッジを見せた北森は、規制線の中に入った。

かつて民家があったであろう更地の前に、一台のSUVが止まっていた。国産車で、型式がかなり古い。運転席のドアが開いている。

車に近づくと強烈な臭いが鼻を突き、胃が暴れ出す。喉にせり上がってくるものを我慢しながら、車内を覗き込んだ。

被害者は一人のようだ。

血だらけの男がシートにもたれかかっていて、光を失った虚《うつ》ろな瞳で虚空を見つめていた。白かったであろうTシャツは真っ赤に染まり、酷《ひど》い出血が窺えた。黒い人工皮革のシートにもべっとりと血液が付着し、生き物の皮膚のように見える。大柄だが、痩せている。髪型はクルーカット。日本人——東洋人だろう。

見たところ、腐敗は進んでいないようだった。死んでからそれほど時間が経《た》っていないのだろう。それなのに、酷い死臭だった。遺体となった男の姿と、発する臭いにちぐはぐな印象を抱く。

「おつかれ」

声を掛けられた方向を見ると、いつの間にか、白鳥涼子《しらとりりょうこ》が隣に立っていた。捜査一課のエース。ショートカットの黒髪。若々しいが、本人から三十六歳だと聞いたことがあった。均整の取れた長身と、勝ち気な眼差《まなざ》しを持っている。暴力班に協力してくれる、数少ない味方の一人だった。

「お疲れ様です。この男、暴力団関係者とかでしょうか?」

その問いに、白鳥はきょとんとする。

「……どうだろう。まだ身元は判明していないって聞いているし、今のところは暴力団がらみとは考えられていないみたいだけど」

「そうですか」

北森は眉間に皺を寄せた。

それならばどうして、暴力班が呼ばれたのだろうか。

北森の問いの意味を理解したのか、白鳥は視線を車両の後方に向ける。

「暴力班が招集されたのは、こっちの死体じゃない。あっちの死体があるからだと思う」

「あっち?」

頷いた白鳥に誘われ、車の後方に移動し、ラゲッジを見る。

物体が転がっていた。

それが遺体だと、一瞬分からなかった。毛布にくるまれていたであろう遺体は、膝を少し折り曲げた状態で横たわっていた。顔や髪の長さ、肩の骨格から女性だと推量できた。眼球のない顔から首が伸び、その下に胸部があるはずである。当然、腹部もあるはずだ。ただ、この遺体は胸部から腹部までを切り開かれて中身がなくなっていた。あるはずのものが、ない。ただの空洞。子宮部分も切り開かれていた。臓器を守る役割の肋骨《ろっこつ》も切り取られている。まるで、最初からなにもなかったかのようだ。もはや身体と呼べる状態ではなかったが、ほっそりとした両腕と両足は残っていた。

臭いの原因は、こちらの遺体だったのだろう。

腐ったチーズの臭いを何倍も強烈にしたような死臭。

吐き気を催し、それを懸命に堪《こら》える。暴力班の班長が吐いたとなったら、それは組織内にすぐに伝播《でんぱ》する。笑いものになるのは目に見えていた。

目に涙が滲《にじ》む。みぞおちを手で圧迫して下唇を嚙み、胃からせり上がってくるものを抑え込む。

ただ、前に嗅いだことのある腐乱死体とは明らかに違う臭いだった。内臓がないため、それらが腐臭を発していないのが理由だろうか。

普通の事件でないことは明らかで、暴力班が呼ばれた理由は、おそらく遺体がこのような状態だったからなのは間違いない。

猟奇殺人だ。

「酷いな……」

背後から見下ろしていた司馬は呟き、すぐに顔を背けてしまった。関屋と小薬は、遠くから見ているだけで、近づいてこなかった。いつも強気な司馬が怯《ひる》んでいる。たしかに、遺体は見るに堪えない状態だった。しかし、警察官は直視しなければならない。一般人が見なくていいものを観察し、事件を解決する。それが仕事だ。

「このくらいの血、見慣れているんじゃないですか。もっと近づいて確認してくださいよ」

揶揄すると、司馬は顔を歪《ゆが》めた。

「うるせぇよ」

悪態を吐くが、いつもよりも弱々しかった。

ほんの少しだけ胸がすく思いを抱いた北森は、視線を遺体に向けた。そして、無駄話をしている状況ではないと自分を戒め、遺体に向かって合掌する。

「発見されたときは、すでにこんな感じになっていたみたい」

死体を見ても平気な顔をしている白鳥が説明する。見習わなければと、北森は顎に力を込めた。

ラゲッジに血痕はない。どこかでこの状態にされて、こうして車で運ばれてきたのだろう。

遺体を観察する。生々しい空洞には蛆《うじ》が湧いている。

凄惨で残酷な遺体だが、どこか清潔感があった。そんなはずはないと思いつつも、この感覚を払拭できない。

綺麗《きれい》にくりぬかれている。そんな印象を抱く。

雨が降り出したかと思ったら雨脚が強くなり、大雨になった。

2

池袋三丁目で発見された遺体は他殺と断定され、即日、池袋警察署に捜査本部が立ち上がった。

最初の四日間で、延べ百人の人員を投入して捜査が行なわれた。

遺体の状況について、運転席の男性には、三つの刺創《しそう》と、多くの切創《せっそう》があったようだ。刺創の入り口の幅にばらつきがあり、凶器の形状が異なることから、複数人による襲撃を受けた可能性が考えられるということだった。単独犯ではなく、複数人もしくは組織的な犯行の可能性が非常に高いと、捜査本部は踏んでいた。

男が受けた傷はどれも深くはなかったが、死因は失血死と断定された。車内で争った痕跡はないため、車を運転する前の段階ですでに襲撃を受けていたことになる。運転中に傷口から血が流れ続け、結果として絶命したと考えられ、死後、半日も経っていないと推測された。

ラゲッジで見つかった女性の遺体については、死因を特定することはできなかったが、その必要性がないほどの状況だった。身体の中は空っぽになっており、眼球も抉《えぐ》り出されていた。傷口は粗いものの、めちゃくちゃに切り刻んだわけではないようだった。拷《ごう》問《もん》の可能性もあるが、顔に傷がないことから、なんらかの宗教儀式に使われたのではないかという意見も出た。

現時点では、目的不明。死亡推定時刻も不明。

遺体で見つかった男女は、身元が分かるような所持品を持っていなかった。指紋を照合しても、該当者なし。ただ、男は身体に刺青を施しており、龍や虎のほかに〝呕心沥血〟という文字が彫られていた。オウシンリィシュエと読むようで、〝心血を注ぐ〟という意味の中国語らしい。また、女性のほうは、中国で好まれる装飾品として知られる翡《ひ》翠《すい》の足輪を左足首にはめていた。成人する前から付けていたのか、翡翠を割らなければ足から取れないような大きさだった。

このことから、二人は中国人ではないかと推定された。外務省に確認したところ、旅行者や短期滞在者の可能性は否定されたため、中国人コミュニティーに人員の一部を割いて聞き取りと身元確認に当たらせていた。

また、ＳＳＢＣと呼ばれる警視庁捜査支援分析センターによる防犯カメラを使ったリレー捜査から、車は東京都奥多摩町《おくたままち》にある駐車場で盗まれたものだと判明した。ただ、被害者の二人がどこから来て車を盗んだのかまでは追えていなかった。車が盗まれた現場周辺で血痕を探したものの、遺体発見前に大雨が降ったために血の痕跡を辿《たど》ることはできなかった。

盗まれた車にはETCカードが設置されていなかったため、高速道路を使わず、一般道を利用していたことが分かっている。所持金はなかった。奥多摩エリアからだと二時間以上の距離だが、目的地は不明。

SSBCの分析捜査係によると、繁華街に比べて奥多摩エリアは防犯カメラの数が圧倒的に少なく、リレー捜査では限界があるということだった。

そのため、奥多摩エリアでの聞き込みを始めていたが、今のところ成果はない。過疎地帯であり、人目のない場所のほうが多いため、目撃者などは期待できなかった。

捜査本部の方針により、捜査員の大半は池袋に投入されている。池袋には中国人が多く住んでいるので、被害者の顔見知りがいると踏んだためだった。

捜査本部に組み込まれた暴力班は、地取りや鑑取り捜査といった指示は与えられず、ただ単に被害者の身元確認をするよう命令されたが、それ以上の指示はなかった。

指示があっても、それを無視して動くのが暴力班だと周囲も分かっているのだろう。暴力班のメンバーは、北森の言葉さえも無視することがほとんどで、ほぼ独断で動く傾向があった。

早朝の捜査会議では、とくに新しい情報はなかった。池袋の中国人コミュニティーへの聞き込みも不発に終わっているようだ。

「成果がないのは当然だ」

暴力班部屋に戻った司馬が、忌々しそうに言う。

「どうしてですか」

北森は、机に足を置いた司馬に訊ねる。すると、司馬はそんなことも分からないのかと言いたげな呆《あき》れ顔を浮かべた。

「奴《やつ》らがどこに聞き込みをしているのか分からないが、普通の中国人コミュニティーに聞き込みをしたところで無駄足だ。あの遺体の状況は異常だ。普通じゃない中国人コミュニティーに聞き込みするべきだ」

「普通じゃない中国人コミュニティー？　そんなもの、あるんですか？」

北森の問いに、司馬はにやりと笑った。

「蛇《じゃ》の道は蛇《へび》ってやつだ」

司馬は、得意気な表情を浮かべる。

同類のことは、同じ分野に精通している人が知っていることを表す言葉——嫌な予感がした。

司馬の発案で、聞き込みに出ることになった。北森が運転するランドローバー・ディスカバリーが向かった先は、池袋ではなく江東区亀戸《こうとうかめいど》だった。

今日も力丸は休暇を取っており、不在だった。

「どうして、亀戸なんですか。池袋じゃないんですか」

ハンドルを握る北森が訊ねる。

助手席に座っている司馬は、眠たそうに欠伸をした。

「車の中で死んでいた男は、どうして池袋で発見されたんだ？」

「池袋に用事があったからじゃないんですか」

「用事ってのは？」

「仲間がいるとか、助けを求めたとか……捜査本部の見解と同じです」

そう告げると、司馬は大きなため息を吐いた。

「普通はそう考えるだろうな。死んだ男が池袋に向かったのは、自分たちの住処《すみか》があるからかもしれない。もしくは、中国人コミュニティーを頼った可能性もある」

「だからこそ、池袋に捜査員の多くを割いているんじゃ……」

「その捜査態勢を敷いても、成果は得られていないだろ？　俺たちが池袋に行ったところで結果は同じだ」

「でも、だからってどうして亀戸なんでしょう?」

豊島区池袋と、江東区亀戸。一般道なら四十分ほどの距離にあるが、近いとは言えない。

司馬は当てつけのようなため息を吐く。

「今回の遺体発見現場が池袋だし、中国人が住んでいるっていえば、池袋が思い浮かぶ。だから、捜査を集中させる。それなのに、成果はない。つまり、あの遺体と池袋に関連はない可能性が高いってことだ。そもそも、都内の中国人の数は、江東区がもっとも多い。豊島区はトップ5にも入っていないんだ。亀戸は中国食材店も多いし、東京駅まで電車で十分ほどだから、中国人が増えているんだ」

意外だった。池袋の街を歩くと、中華料理屋や中国語の看板が散見されるので、一番中国人が多いと思っていた。

「でも、どうして亀戸なんですか?」

車が赤信号で停まったところで、司馬が車載のカーナビゲーションを操作する。

「……なにやっているんですか」

見ると、出発地点を奥多摩と入力し、目的地を亀戸にして検索していた。有料道路を使わず、一般道限定。

「これを見ろ」

画面に表示された交通ルートを見た北森は、目を見開いた。

カーナビゲーションが示す亀戸までのルートは、池袋を通過するものだった。つまり、被害者の男性にとっては池袋が目的地ではなく、通過点だったと考えているのか。

「可能性の一つでしかないが、死んだ男は、亀戸に向かっている途中で絶命したのかもしれない」

後ろからクラクションを鳴らされる。信号が青に変わっていた。

車を発進させた北森は、口を開く。

「どうして、このことを捜査会議で言わなかったんですか?」

聞きながら、愚問だと自覚する。

思考を見透かしたような視線を向けてきた司馬は、窮屈そうに身体の位置を変えた。

「男が亀戸に向かおうとしていたという証拠はないし、そもそも暴力班の意見なんて誰も耳を貸さねぇ。だから、俺たちだけで動く。今までもそうしてきただろ」

——今までもそうしてきただろ。

たしかに、そのとおりだった。

亀戸駅の近くのパーキングに停め、車を降りる。

池袋と比較すると、圧倒的に中国語の看板は少ない。それでも、商店街に入ると、中国物産店や中華料理店などが点在していた。都内の中国人の数は江東区がもっとも多いと司馬が言っていたが、あながち嘘ではないのだろう。

司馬は身長が高くて大股歩きなので、離されないように小走りをしなければならなかった。関屋と小薬は、やや後方からついてきていた。

「どこか、行く当てがあるんですか?」

足取りに迷いがなかったので、目的地があるのだろう。

「この商店街の先にある団地には、中国人が多く住んでいる。ただ、今回は善良なコミュニティーに用はないからな」

前を向いたままそう言って、路地を曲がった。

善良なコミュニティーに用はない——つまり、普通ではないコミュニティーが形成されている場所にこれから向かうということだ。

穏便に済むはずがない。

嫌な予感が確信に変わり、身震いする。

北森は振り返って、後方にいる関屋と小薬を見た。二人とも、目に好戦的な光を湛《たた》えていた。

左に曲がって商店街から外れ、細い路地を進む。民家が建ち並ぶエリアの一画に、赤い暖簾《のれん》がかかっている二階建ての建物があった。白字で、〝快楽飯店〟と書いてある。妙な名前だ。地域に根ざした町中華のようなものかと一瞬思ったが、扉が頑丈な鉄板でできていた。

普通、町中華では磨《す》りガラスの引き戸などが使われていることが多いので、その時点で異様だった。ほかにも、妙なところはあった。防犯カメラの数が異様に多く、窓がほとんどない。まるで、暴力団事務所のような町中華屋だった。ここに、ふらりと入る人は絶対にいないだろう。

司馬が店に近づくと、待ち構えていたかのように扉が開く。中から現れたのは、スキンヘッドの男だった。司馬に負けないくらいの巨体だ。男は、刃物で切れ目を入れたかのような細い目を、こちらに向けてくる。

対峙《たいじ》した司馬は胸を張り、男を凝視した。

「李《リー》に会いたい」

その言葉に、スキンヘッドは黙したまま目をすがめる。

「おい、聞こえねぇのか？」

迫るように間合いを詰めるものの、スキンヘッドは動じない。

「また、乱闘するか？」

にやりと笑った司馬が、低い声で告げた。

――また？

不穏な言葉が聞こえた北森だったが、忘れることにする。

ようやく、スキンヘッドは顎で指示するような動作をして、店内に入るよう促した。

店内は明るかった。たくさんの赤い提灯《ちょうちん》が天井からぶら下がっており、縁日のような雰囲気だった。

一階には、丸テーブルが八つ置いてあり、人相が良いとは決して言えない複数の人が座っている。男が多いが、女もいる。食事をしているわけでもなく、ただこちらを睨みつけていた。

壁にメニューを貼れば、中華料理屋の雰囲気が少しは出るだろうなと思いつつ、厨房《ちゅうぼう》らしきエリアを見る。銀色のボウルがいくつか置いてあり、皮蛋《ピータン》や凍豆腐《こおりどうふ》が盛ってあった。やはりここは、中華料理屋なのだろうか。

「行くよ」

小薬に声を掛けられた北森は、慌てて後に続いた。

スキンヘッドに伴われて二階に上がる。幅の狭い階段で、人一人が通れるくらいだった。すれ違うことはできないだろう。また、一階に比べて光量が足りず、薄暗かった。

ギシギシと音の鳴る階段を上りきる。

二階は、住宅のリビングのような造りになっていた。

十人は座れるであろう赤いソファの中央部分に、一人の男が座っていた。かなりの肥満体型だった。スター・ウォーズのジャバ・ザ・ハットを彷彿とさせる。ゆったりとした長袖のシャツを着ているが、腹の出っ張りが強調されていた。

男の左右には、アロハシャツを着た二人の男が、ボディーガードのように立っている。

「これはこれは、白虎団のユーエンを逮捕してくれた殊勝な男じゃないか」

ソファに座る男は、にんまりと笑みを浮かべて言う。口の中が異様に赤く、唾液の糸が引いていた。口調は中国人特有のイントネーションだったものの、滑らかな日本語だった。

「挨拶のできねぇ奴を門番にすんなよ、李」

司馬が吐き捨てるように言う。

李と呼ばれた男は、スキンヘッドの男に視線を向ける。

「まあ《アイヤー》。それはすまなかったよ。子豪《ズハオ》も悪気があるわけではないんだよ」

李がズハオと呼ばれた男に視線を送る。ズハオは腕を組んだ状態で司馬を睨みつけていた。穴が開くほどという表現が当てはまるほどの眼光だった。

李は泡が弾けるような独特のテンポの笑い声を上げ、ソファに座ったまま足を組む。腹が出っ張っていて足が短いので窮屈そうに見えた。

「許してやってほしい。ズハオが無愛想なのには理由があるんだ」

李は、足を組み替える。その動作をするだけで息が上がったようだった。

呼吸を整えるように深呼吸をした李は、額に浮かんだ汗をタオルで拭い、ソファに放った。

「古代中国ってのは、なかなか残酷な時代でね。その中でも、拷問方法は他国に類を見ないものが多い。その一つに肉刑《にっけい》っていうのがあって、脚や鼻、舌なんかを切断する刑罰があったんだよ。すでにこの刑罰は中国では停止されているけど、まぁ、我々の業界では肉刑はまだ使われている。偉大な古代中国を敬ってね。この肉刑っていうのは、本人に対しての罰というのはもちろん、周囲の人間への見せしめという意味でも効果が非常に高いしね」

李は、分厚い舌を出して指差し、すぐに舌を引っ込める。

「ズハオはもともと、私を殺すために送り込まれた刺客だったんだ。それで、正体がバレて、慣例どおりに死刑にしようと思ったんだけど、この男は一切怖がらなかった。それを見て、なかなか気骨があると感じたから、とりあえず肉刑に処すことにしたんだ」

気楽な調子で続ける。

「それで、鼻を削《そ》ぐか、脚を切るか選ばせたら、なんと舌が良いって言うんだよ。もともと喋《しゃべ》るのが苦手だったらしくてね。喋らなくて済むようになれば清々すると。なぁ？」

問われたズハオは、僅かに顎を引いただけだった。

「その答えを聞いて、面白い奴だなと思ったんだ。それで、殺すのではなく、高額報酬をちらつかせて引き抜いて、ついでに舌も引き抜いて、私の護衛になってもらった。物言わぬ男は信頼できるからね。私はいい男を手に入れて、ズハオは喋らなくて済むようになったってわけだ。一挙両得ってやつだね」

李は美談であるかのように語る。

北森は顔をしかめ、ズハオを見る。相変わらず、司馬に鋭い視線を向けていた。舌を切り落とした張本人に仕えるのは、どういった心持ちなのだろうと想像するが、すぐに止《や》める。到底理解できなかった。

李は、良いことを思い出したかのように両手を叩《たた》く。

「それはそうと、仇敵《きゆうてき》ユーエンを逮捕してくれて感謝しているよ。この手で必ず仕留めると誓って幾星霜《いくせいそう》、己の血液を剣に変えて奴の心臓を貫く覚悟ではあったが、まさか日本国の守護者である警察官が私の代わりに断罪してくれるとは思ってもみなかったよ。敵の敵は味方ってやつね」

妙な言い回しをした李は、満足そうに頷いていた。

「お前のためにやったことじゃねぇよ」

司馬は李を睨みつけた。

李は腹を揺すって笑う。

「それでも、結果としてユーエンは塀の中。邪魔者が減ったのは、喜ぶべきこと。これで我々紅星《ホンシン》は、共産主義の理想を実現するための崇高な活動ができるというものです」

「理想？　暴力や犯罪で金儲《もう》けをしているだけだろうが」

その言葉に、李は心外だといった表情を浮かべた。

「我々は祖国の下僕であり、無私の精神で日々を過ごしているよ」

李は目を半月形にしてから咳《せ》き込み、続ける。

「……それで、いったいなんの用事ですか？」

「この前、池袋の車の中から男女の遺体が発見された。知っているか？」

「あぁ、噂ではね。殺された二人は中国人だってことで捜査しているって話を聞いたよ」

北森は驚く。まだ表に出していない情報を、どうして李は摑んでいるのか。

「なにか知っているのか？」

司馬の問いに、李は小首を傾げる。

「どうだろう。まぁ、知っているというか、なんとなく背景は分かるよ」

「背景でもなんでも良いから教えろ。情報がほしい」

司馬が詰問する。

朝の会議を聞いている限りでは、捜査は膠着《こうちやく》状態だった。端緒となるような情報が必要だった。今のままでは、いかんともしがたい。

李は、唇を窄《すぼ》めた。

「タダで教えるわけにはいかない。なにか対価がないと」

「警察に向かって対価だと?」

肩を怒らせた司馬は、李に詰め寄る。その間に、ズハオが割って入った。両者、同じくらいの身長と体格だった。部屋の天井が低いので、二つの壁がそそり立っているように見える。

「なんだ、やるのか? いつでもこいよ」

司馬が挑発する。ズハオは口を閉じたまま、じっと睨《ね》めつけていた。

このままでは戦闘が始まってしまうと危惧した北森は、慌てて口を開く。

「仇敵であるユーエンを捕まえたのが対価になりませんか?」

考えなしに口にした言葉だった。

ポカンと口を開けた李は、やがてゆっくりと首を横に振った。

「さっき司馬さんが、お前のためにやったことじゃないって言っていたでしょ。つまり、あれはノーカウントってこと」

そう言った李は、なにか妙案を思いついたのか、したり顔になる。

「じゃあ、ズハオと腕相撲《アームレスリング》をして、勝ったらこっちが知っている情報を伝えるってのはどう?」

「腕相撲、ですか……」

北森は呟く。どうしてそんなことになるのか理解できなかった。

「いいじゃねぇか」

提案された内容に目を瞬かせた司馬は、にやりと笑う。

「早くやって、さっさと終わらせるぞ」

挑発的な声だった。

瞬く間に、九十センチメートル角のテーブルが運ばれてくる。普段から腕相撲をしているのか、準備の手際が良かった。

ズハオは、Tシャツを脱いで半身を晒《さら》す。盛り上がった筋肉は、鋼のように堅そうだった。また、大小の傷も多く、格闘の痕跡が見て取れた。

半身に目をやった李は、嬉しそうな表情を浮かべる。

「ズハオの筋肉は見せかけじゃないよ。徹底的に実践に役立つように鍛え上げられている。しかも、握力は怪物級で、キャプテンズオブクラッシュNo.4を軽々と握ることができる男だ」

キャプテンズオブクラッシュ。なんのことだろうか。

「筋肉トレーニングで握力を鍛える、ハンドグリップのこと」

疑問符が顔に出ていたのだろう。北森の隣にいる小薬が説明する。どうやら、百六十六キログラムの握力がないと締められないものらしい。

百六十六キログラム。想像できない。

「司馬さんは元々ラグビー選手でしたよね。だったら№2の八十八キロくらいが限界ですかね。あまり無茶をしないことです。これはただのゲームですからね。たとえ、司馬さんの腕が折れてしまっても、お咎《とが》めなし。警察に楯突《たてつ》いたって逮捕するのは無粋《ぶすい》ですよ。それでいいですね？」

李は、ズハオが勝つことを微塵《みじん》も疑っていないようだった。

司馬は舌打ちをした。

「うるせぇ。早く始めるぞ」

肘《ひじ》をテーブルに着地させる。ズハオも応じ、両者は手を握り合った。レフェリーは李だった。

「そうそう。肘をできるだけヘソの近くに構えるのが良いんだよ。テコの原理を効率的に使う吊り手《トップロール》だ」

司馬は言いながら、にやりと笑う。その指摘どおり、ズハオの肘はヘソの辺りに据えられていた。対して、司馬の肘はヘソから離れている。つまり、テコの原理を使わないということだろう。

「腕を折らないようにね」

「早く始めろ」

にやにやと笑っている李は、握っている両者の拳の上に手を置いた。

「そのままそのまま……いくよー……ゴーッ！」

李が合図した瞬間、両者の腕の筋肉が盛り上がった。バチン、とゴムを弾いたような音が聞こえたような気がする。

五秒ほど、二人は動かない。まだなにもしていないのではないかと思ってしまうほどの静止状態だった。

六秒経ち、変化が起きた。

徐々に二人の顔が真っ赤に染まっていき、汗が噴き出てくる。

十秒。両者は歯を剝《む》き出しにする。威嚇《いかく》しているのか、笑っているのか判然としない表情だった。

ギリリと、歯が軋《きし》むような音。

ズハオが身体を何度か倒して、その勢いで司馬を押さえ込もうとする。口を開く。幅広の顔全体が口になってしまったかのような大きさだった。舌のない口は、赤い洞穴を彷彿とさせた。

ズハオの攻勢を受けても、司馬はびくともしなかった。

反対に、徐々に、司馬がズハオを圧倒していく。手首の位置が相手より高くなるように前腕をひねり上げる。

「これで終わりか？」

司馬は顔を歪めつつ、無理やり作ったような笑みを浮かべた。

ズハオが動物のような唸《うな》り声を上げ、涎《よだれ》が垂れる。顔が膨張し、破裂しそうなほど赤くなっていた。

「出来が、違うん、だよ」

絞り出すように言った司馬は、そのまま身体を倒し、相手の手を下敷きにした。

静寂が訪れ、その無音を割るように李の舌打ちが響いた。

「……司馬さんの勝ちね」

つまらなそうに李は呟く。

肩を上下させて激しく呼吸をしているズハオは、今にも司馬に襲いかかっていきそうな空気を全身から放っていた。

「場外乱闘も受け付けるぞ」

司馬は挑発的な言葉を投げかけ、腰を落とし、臨戦態勢に移行する。

このままでは暴力沙汰に発展すると覚《さと》った北森は、慌てて両者の間に身体をねじ込んだ。暴力班に配属されて二年目。班長として、危機回避に徹していた。

「か、勝ったんですから、情報を教えてください」

北森の言葉に、李は口を尖《とが》らせた。

「情報じゃなくて、背景ね」

疲れたように嘆息した李は、ソファに座り直し、股を大きく開いた。

「知っているかもしれないけど、我々中国人のコミュニティーは強固だから、同志の情報はすぐに入ってくる。それで、池袋で発見された遺体は、日本の中国人コミュニティーに属していないと早くから分かっていた」

「なんで分かる?」

司馬の問いに、李は肩をすくめる。

「簡単だよ。誰も、身内や知り合いが殺されたという被害をコミュニティー内で訴えていないからだね。また、異国の地で同志があんな殺され方をしたら、報復があってしかるべきだ。でも、その動きもない」

「……どうして、殺され方まで知っているんですか」

北森の質問を受けた李は、そこでようやく北森の存在を認めたかのように目を見開いた。

「異国で生き残るためには、大胆さと繊細さが必要だからね。つまり、度胸と根回しが重要ってこと」

答えになっていなかったが、北森は追及しないようにした。警察かマスコミに情報網を張っているのだろう。

李は続ける。

「つまり普通に考えたら、被害者は不法入国者だろうね。コミュニティーに属していないから、最近密入国したんじゃない？」

「密入国……どこが斡旋したか分かるか？」

司馬の問いに、李は首を横に振った。

「紅星は密入国はやっていないし、我々のコミュニティー内でも斡旋はしていない。つまり、まっとうな組織が関わっていないってこと」

「お前らがまっとうだと聞こえるが」

「私たちは正真正銘、まっとうだよ」

「それなら、蛇頭《スネークヘッド》か」

蛇頭――密入国ブローカーのことだ。

李はおどけたような表情を浮かべる。

「日本の蛇頭の活動は下火だからね。今は、取り締まりがきつくて日本への入国が難しくなっているから。蛇頭は、カンボジアとかに拠点を設けて、日本以外への密入国を活性化させていることが多いよ。彼らとも懇意にしているけど、最近は日本で活動してないよ」

「じゃあ、被害者たちが単独で密入国したっていうのか？」

「いやいや、なにかしらの斡旋組織が絡んでいるんじゃないかな。まぁ、少なくとも、集団密航ではないでしょ。つまり、二人はそれなりの金を払って密航したってことかな。今どき、金があればどこへでも行ける。でも、普通にビザを取って入国をしていないってことは、後ろ暗いものがあるってことかなぁ。まぁ、被害者の二人は、なにか特別だったのかもしれないね」

「宗教関係か？　呪術の生《い》け贄《にえ》に捧《ささ》げられたとか？」

発見された女性の殺され方は異様だった。捜査本部内でも、宗教絡みではないかという主張があり、捜査人員を割いている。

「あり得ると思うね」

「どこがそんな斡旋を？」

李は渋い顔をする。

「我々のコミュニティー内じゃないし、世界的な密入国ブローカーである蛇頭でもない。つまり、どこの馬の骨とも分からないヤバい奴らってこと……まぁ、人の内臓をくり抜く奴らがヤバくないわけないしね」

「なにか隠してるんじゃねーのか？」

司馬が疑いの視線を向けると、李は両手を挙げて、降参のポーズを取る。

「隠す必要なんてないよ。そんな危ない組織を庇《かば》うメリットがない。そもそも、紅星は密入国の斡旋なんてしたことがないし、人も扱わない。そっちには疎《うと》いってことくらい、知ってるでしょ? 紅星は健康食品を売って細々とここで生活しているだけだよ」

「……規制前で違法スレスレの、脱法不健康食品だろ」

「いやはや、手厳しいね」

李は苦笑いを浮かべた。

北森は、李が本当のことを言っているのかどうか測りかねたが、司馬がいつものように腕力を用いて追及しないところを見ると、隠し事をしているわけではないと判断したのだろう。

李は、額の辺りに手を置いてから、ふざけた調子で十字を切る。

「あなたたちが警察じゃなかったら、この件には関わらないほうが良いよって助言しているところだけど、仕事だから仕方ないね。宮仕えは大変だね。せいぜい、命の灯火《ともしび》を消されないよう頑張って。閻魔《えんま》様に見咎められないよう、常に腰は低くだよ」

そう言った李は、愉快そうに掌《てのひら》をひらつかせた。

〝快楽飯店〟を出たところで、司馬が大きなため息を吐いた。

「どうしたんですか?」

「……あいつ、絶対になにか隠してやがる」

「それなら、どうして追及しないんですか?」

いつもの司馬だったら、腕力にものを言わせて聞き出すはずだ。

司馬は、力なく首を横に振った。

「ぶちのめすことはできるが、李は、暴力には屈しない。あいつ、長袖を着ていただろ?」

たしかに、着ていた。エアコンの冷房は稼働しているようだったが、部屋の中は暑く、李は汗をかいていた。考えてみると、不自然だ。

「中国の凌遅刑《りょうち》って知っているか?」

「……はい、知ってます。肉を削いでいく処刑方法ですよね」

凌遅刑は、中国史上もっとも残酷な刑罰とされており、人間の肉体を少しずつ切り落とし、長い時間激しい苦痛を与えながら死に至らしめる処刑方法で、反乱の首謀者や君主にそむいた人民などに適用されていたようだ。

「李は、中国マフィアの抗争のときに、その凌遅刑と同じ方法で拷問されたらしい。北《ペ》京《キン》ダックのように肉を削がれたってことだ。命を落とす前に仲間に助けられたらしいが、かなりの肉を削がれていた。それでも、拷問で情報を吐かなかった傑物だ。いつも長袖を着ているのは傷を隠すためで、太っているのは、失った肉を取り戻すために大食いになったってことだ。奴は、普通の人間の尺度で生きていない」

北森は顔を歪める。李と相対していても、そんな危険な男には見えなかった。道端で出くわしても、警戒しないだろう。

凄《すご》みがないところが、逆に恐ろしいと思う。

「なにか情報を握っている可能性は高いが、暴れたところで素直に吐く奴じゃない。だから、タイミングを見計らう」

そう呟いた司馬の顔は、やや緊張した面持ちだった。


暴力班が次に向かったのは、文京区《ぶんきょう》にあるSSBCだった。

車を運転しながら、北森は先ほどの会話の内容を思い出していた。

紅星の李への聞き込みは不発に終わったものの、捜査は、標的を絞っていく行為である。人的リソースは限られている。不要なものを削ぎ落とし、目標までの道のりを進んでいく地道な作業が必要だった。

内臓を抜き取った集団は、おそらく組織の体を成しているだろうと推測できる。被害者が密航者ならば尚更《なおさら》だ。おそらく、日本と中国の両方に拠点がある、もしくは活動人員がいて、国籍も日本人だけではなく中国人もいるはずだ。ただ、李の言葉を信じるならば、大きな組織ではないだろう。中国人コミュニティーに属さない、独立した組織。それでいて、密入国の斡旋ができる能力を有している。しかも、人の内臓を抜き取るようなことをしてのける犯罪集団。

過去に摘発された組織を頭に思い浮かべるが、類似例がない。どんな組織なのか、想像もつかなかった。

車を左折させ、SSBCの駐車場に車を停めようとしたが、来客用の駐車場がなかったので、近くのコインパーキングに停めることにした。

車を降り、建物内に入る。建物の外観も特殊なものではなく、中も普通の事務所とほとんど変わらない。

入館の手続きをした小薬が、慣れた様子で建物内を進む。そして、分析捜査班というプレートが掲示されている扉に入って行く。

部屋の中は整然としていた。十席ほど机が並べられている。個々の机上には、それぞれ二つのモニターが設置してあった。

半分ほどの席が埋まっており、皆、画面に集中していて暴力班の来訪に気付いていなかった。そして、座っている職員たちの中には、警察官特有の雰囲気が薄い人物もいた。

SSBCは約百二十人体制で、警視庁プロパーで捜査一課や機動捜査隊の経験者が六割を占める。ただ、残りの四割は、民間エンジニアといった経歴を持つ特別捜査官出身者で構成されていた。そのため、警察組織特有の空気が薄い。SSBCは警察組織の中でも、特殊な立ち位置にある。

それでも、この組織のお陰で、捜査が飛躍的にやりやすくなったのは事実だった。SSBCの分析捜査班は、事件現場や管轄警察署に出動し、犯罪に関する情報の集約と多角的な分析を行ない、被疑者検挙に結びつく情報を提供していた。

「木梨《きなし》ちゃん」

「げっ」

小薬に声をかけられた男は、モニターから視線を外し、あからさまに嫌そうな表情を浮かべた。

前髪がはらりと落ち、それを神経質そうに搔き上げた。

「木梨ちゃん、相変わらず栄養が足りてないみたいだね。ちゃんと食べないと」

ニコニコしながら近づいた小薬が、木梨の肩を軽く叩く。

「ぼ、暴力反対です……」

消え入りそうな声を発した木梨は肩を擦りつつ、立ち上がる。身長は百八十センチを超えているだろう。ただ、威圧感はない。風が吹けば飛んでしまうのではないかと心配になるほど痩せている。そして、血色が悪く、何日も徹夜しているのではないかと思ってしまうほど、目のまわりが黒ずんでいた。

木梨は、暴力班の面々を見て、怯《おび》えたように身体を震わせる。恐怖に顔を引き攣《つ》らせ、助けを求めるような目を北森に向けてきた。

「警視庁の北森です。ここではあれですので、どこか、別の場所がありますか？　先日発見された池袋での二つの遺体の件について、お聞きしたいことがあって伺いました」

柔らかい声を心掛ける。北森の言葉を聞いた木梨は、動揺を見せつつ、空いている会議室に案内した。

会議室には八人掛けのテーブルが置いてあった。司馬、小薬、北森、関屋の順番で横一列に座る。向かいに座る木梨は背が高いものの、暴力班の面々の体格と比較すると小さく見える。

ＳＳＢＣを訪問したのは、小薬の提案によるものだった。分析捜査班が、被害者たちがどうやって日本にやってきたのかを調べていることをどこからか聞きつけて、その進捗状況を確認しに行こうと発案したのだ。

椅子に座った小薬は、優しい笑みを浮かべる。強面《こわもて》の面々との対比で、外見だけは菩《ぼ》薩《さつ》のように映っているだろう。

「池袋で見つかった男女の遺体、中国人の可能性があるってことだけど、どうやって日本に来たのか分かる？　噂によると、木梨ちゃんの分析捜査班が追っているってことだけど」

「え……まぁ、はい」

歯切れの悪い返答をした木梨は、視線を外す。テーブルの上で組んでいる手を、忙《せわ》しなく組み替えている。

「こちらで調べたところ、密航の可能性があるってことなんだけど。密航のルートとか分かった？」

小薬の言葉に、木梨はびくりと身体を震わせる。

「ま、まだ分かっていません。本当です……」

明らかに動揺していた。

小薬が口を開くが、先に声を発したのは司馬だった。

「どうせ、捜査本部の奴らに口止めされてるんだろ？」

僅かに身を乗り出す。テーブルを挟んでいるものの、司馬の圧迫感が増して、木梨は逃げるように身体を後ろに逸《そ》らした。

図星なのだろう。

北森を除く暴力班のメンバーは全員がスポーツ経験者だったが、喧嘩や不祥事といった事情で左遷されてきたメンバーで構成されている。方々で問題を起こしているため警察組織内での敵が多く、味方は数えるほどしかいなかった。

そして、班長である北森自身も、キャリア組にもかかわらず前途多難の道を歩んでいる。間接的にではあるが、過去に、警察や検察に楯突いた経緯《いきさつ》があり、暴力班のメンバー以上に煙たがられているという自覚があった。

小薬が笑みを絶やさずに頬杖をつく。

「木梨ちゃん。民間エンジニアから特別捜査官になったから、いろいろとパワーバランスを慮《おもんぱか》るのは大変だと思うけどさ、私たち暴力班も今回の事件の捜査本部に組み込まれているから、情報漏洩《ろうえい》には当たらない。だから、分かっていることがあれば教えて」

その言葉を聞いた木梨は、頭を前方に傾ける。前髪が垂れ、それを煩わしそうに掻き上げた。

「……情報は、捜査会議で共有されるんじゃないんですか？」

木梨は、弱々しい声で訊ねる。

「大体ね。でも、すべてが共有されるわけじゃない。捜査一課の連中が抱え込む情報もある。もちろん、私たちだって、故意に情報を伏せる場合もある。立場上ね」

私たちの立場――暴力班の立場。

これについては、北森も重々意識していた。暴力班の面々は、いつも警察官でいられる瀬戸際に立たされている。ゆえに、目に見える成果を挙げなければならない。事件を解決することで警察組織に残ることができる。むしろ、それでしか残ることができない。皆、そのことを認識していたので、捜査には必死になっていた。

どうして、警察官であることにこだわるのだろう。司馬などは、すぐにでも警察官を辞めると言っているが、今もこうして業務に勤《いそ》しんでいる。

それぞれに事情がある。ただ、皆、警察官という職業が好きなのかもしれないと北森は考えていた。

木梨は押し黙ったまま、視線を彷徨《さまよ》わせている。この状況にどう対処すれば良いのか考えあぐねているのだろう。

「……めんどくせぇな」

司馬が低い声を発する。

「なにを言われたか分からねぇが、どうせ暴力班にだけは情報を伝えるなって言いくるめられたんだろ」

「そ、それは……」

木梨の声が萎《しぼ》んでいく。唾を飲み込んだのか、喉仏が大きく動く。容疑者が自白するときによく見られる光景だった。

核心を突いたようだ。

司馬は、大きなため息を吐いた。

「やっぱりな。でも、よく考えろよ。そいつらとの約束を破るのと、俺たちの正当な捜査手順を妨害して大変な目に遭うのと、どっちが怖いと思う？　一目瞭然だよな？　俺たちは組織のアウトサイダーだから、なんだってするぞ。俺はいつだって警察官を辞められるんだ。お前を病院送りにしてから、すぐに辞表を提出することだってできる。警察官なんてつまらねぇ仕事、辞めたら清々するだろうなぁ」

ぐいっと顔を近づけた司馬が笑みを浮かべる。噛みつきそうな笑顔だった。

明らかに恫喝《どうかつ》だった。

北森は先ほど、暴力班はなんだかんだ警察官という職業が好きだから辞めないのだと思っていたが、心の中で前言撤回する。

「で、どうするんだ？　これからしばらく病院の厄介になりたいか？　それとも、警察官という職務を全うして、事件を解決するために情報を共有するか？」

唇を震わせた木梨が怖気《おじけ》づく。

司馬は、口調を和らげる。

「まぁ、そんなに怖がるなよ。なにも俺は、違法なことに手を染めろって言っているわけじゃねぇ。捜査本部に組み込まれている捜査員である俺たちに、現時点で分かっている情報があれば共有してくれって言っているだけだ。捜査本部で共有されるフィルターのかけられた情報じゃなくて、こっちは生の情報が欲しいんだよ」

一拍置いて、続ける。

「知ってのとおり、俺たちに協力するのは、メリットよりもデメリットのほうが大きい。ただ、お前が民間から特別捜査官になった理由はいろいろとあると思うが、犯罪者を野放しにしたくないっていう正義感もあって進んだ道なんだろ？　今、お前が口を噤《つぐ》むってことは、犯人の利になることをやっているってことだぞ。それともなにか？　お前は犯人を捕まえたくないのか？」

そう言い切った司馬は、腕を組んで沈黙した。相手の反応を待っているようだ。

北森は内心驚いていた。木梨は民間から転職してきた特別捜査官だ。つまり、少なからず正義感を持ってこの世界に入ってきたということが予測できる。司馬の言葉は、その感情を絶妙に刺激する説得だった。

案の定、木梨は気持ちを動かされたようだった。

「……分かりましたよ」

か細い声だが、芯が通っているように聞こえた。

確実ではありませんが、と前置きをした木梨は続ける。

「池袋で見つかった被害者二人について、防犯カメラなどの映像を解析して発見することができました。密入国の可能性がある空港エリアと港湾エリアの防犯カメラに絞りましたが、膨大な映像を見続けたので、本当、苦労しましたよ」

防犯カメラの映像を確認するのは、骨の折れる作業だろう。

当時のことを思い出したのか、木梨は目を瞬かせて目頭を揉んだ。

「空港？　飛行機で密航するケースもあるの？」

小薬が問う。

「ありますね。旅客機などを使った密航は、狭い車輪格納部に身を潜めるのが大半です。

ただ、これは結構危険な行為でして、格納している車輪が外に出始めたときに押し潰されたり、酸素の欠乏で意識を失ったり、凍傷や低体温症の恐れもあります。調査によると、航空機による密航者の七割以上は死亡しています。なので、今回は空路での密入国の線は切り捨てて、すぐに港湾エリアにリソースを集中させることにしました」

木梨は口元を手の甲で拭う。

「昔は、コンテナに詰め込んでの集団密航でしたが、近年の船舶等を使った密航は、小型船や貨物船、訪日クルーズ船を利用した小規模のものが多いです。いわゆる、密航の小口化ですね。方法はさまざまですが、船内に潜伏してくるケースでは、偽装の隔壁を設けて隠し部屋が作られていたり、燃料タンク、清水タンク、バラストタンクを利用して隠れる場所を確保したりしています。今回もおそらく似たようなケースで、池袋で見つかった被害者の二人は、東京湾に入港した中国船籍の小型船を使って密航していました。海上保安庁などが連携して不法上陸者の水際阻止をしていますが、その隙を突いたんでしょう」

「東京湾か……その後の足取りは？」

司馬が問う。

木梨は目を伏せた。

「保冷車に乗り込んだところまでは分かっていますが、以後の足取りは掴むことができませんでした。おそらく、防犯カメラを警戒していたんだと思います。途中で車を乗り換えたとか。ちなみに、車両ナンバーは偽造でした」

日本側の受け入れ態勢も整っていたということか。しかし、紅星の言葉を信じれば、蛇頭のような密入国斡旋ブローカーは関与していない。それ以外の組織が、日本にも根を張っているのだろうか。

「その二人がどこかに移動して、それから十日後に、遺体になって発見された。しかも、一人は内臓をくり抜かれている。集団密航ではないということは、それなりの費用を払っているはず」

北森は言いながら、思考を巡らせる。

まさか、死ぬために日本に来たとは思えない。殺された二人は、中国で追われる立場にあり、追跡者の手にかかったのか。それとも、なにかしらの約束を反故《ほご》にしたのか。

「あ、二人じゃありません。密航したのは三人です」

木梨の指摘に、北森は目を瞬かせる。

「……三人？」

そうです、と頷いた木梨は立ち上がり、ちょっと待っていてくださいと告げて部屋を出て行く。

そして、ファイルを手に持って戻ってくると、Ａ４の用紙を取り出し、テーブルの上に置いた。北森がそれを手で引き寄せる。画像が印刷されていた。

おそらく、動画の一コマを切り取った画像だろう。粗いものの、たしかに三人の人物が映っていた。画像の奥の方に保冷車も見える。どうやら、保冷車に乗り込む前の映像のようだ。顔がはっきりとは映っていないが、ほっそりとしたシルエットは、おそらく車のラゲッジで発見された女性だ。残りの二人は男性だったが、中肉中背のほうが運転席で見つかった男だろう。背格好が似ているし、服装も同じだった。

残りの一人を見る。

「こいつ、ボディーガードじゃないのか？　それか、監視役」

司馬が指摘する。その所感も、無理のないことだった。

三人目の男の体格は、映っている二人の二倍以上の大きさに見えた。明らかに、戦闘に長《た》けていそうだった。

「殺された二人との関係性は不明ですが、映像を確認したかぎりでは、三人とも保冷車に入っています。捜査一課の方も、目下、この男を追っているようです」

「ほかに情報は？」

司馬の言葉に、木梨は首を横に振った。

「今のところは、これだけです」

表情を見る限り、隠し事はないように感じた。大きな収穫だった。

翌日の朝に開かれた捜査会議では、地取り班の情報共有から始まった。周辺地域を重点的に聞き取りしたようだが、有力な情報を得ることはできていないようだった。今回の事件では、被害者の身近な人物に当たる鑑取り班の人員はほとんどいなかった。被害者がどこに関係しているのか分からないからだ。そのため、地取り班のほか、SSBCなどと連携する情報班と、反社会的勢力絡みを担当する特命班に分かれている。ただ、それぞれの具体的な動きは陣頭指揮を執る捜査一課長や管理官のみが把握している。

捜査一課の捜査員が立ち上がる。

「二人の被害者についてですが、東京湾から被害者二人が密入国したということが分かりました。そして、港に待機していた保冷車に乗り込んで立ち去っています。今のところ、足取りは摑めていません」

その流れで、もう一人の密航者らしき男の存在を明らかにしたが、それ以上の情報は開示されなかった。手柄を取るために、情報を抱え込んだのだろうかと北森は思料する。いずれは開示するだろうが、少しの間でも情報を独占して、そのスジを追うケースもゼロではない。捜査員たちは共闘するが、競争もする。

昨日、SSBCで木梨から引き出した情報は、価値のあるものだった。

次に、所轄の捜査員の報告が始まる。

「密航ルートについて確認を進めています。被害者たちは、中国船籍の小型船に乗って密航したと思われます。集団密航ではないケースも最近では摘発されており、いわゆる小口化が進んでいます。密航手段は小型船や貨物船、訪日クルーズ船を利用した小規模のもので、ブローカーが関与する事犯もあり、数名規模の場合には発見できない恐れもあります」

木梨が言っていたとおりだと北森は思う。

発言を続ける捜査員は、調理室の内部容器と外部容器からなる二重構造の給水容器をエアジャッキで上下させて開閉する仕組みや、機関室の床の一部の上にタンクを置き、また、偽装パイプを施して隠す方法など、手口が巧妙になっていることを説明する。

「今回の二人の被害者が、どの船舶を使って密航したかは分かっていません。密航者が防犯カメラに映っている時刻を調べましたが、特定には至りませんでした」

話を聞きながら北森は、たとえ特定できたとしても、すでに出航してしまっているので捜査をするのは難しいだろうと思う。それに、船長や乗組員は事情を知らない運び屋というだけで、その裏にいる組織までは辿り着けない場合がほとんどだ。

一通りの発表を聞き終えた管理官は、ボールペンのノック部分で額を掻き、視線を落とす。

「被害者は中国籍である可能性が高いことから、引き続き蛇頭や、別の中国マフィアの調査に当たってくれ。それで、今回の事案は密航者が絡んでいるということで、第六機動隊も捜査に加わることになった」

その言葉に、部屋の中がざわつく。

それを抑え込むように、管理官は声を張った。

「機動隊が絡むケースは稀《まれ》だが、まぁ、応援部隊と考えてくれ。捜査態勢について、引き続きペアの入れ替えはしないが、機動隊側から捜査情報の問い合わせがあったら、隠さず情報を共有してやってほしい」

管理官は、それ以上の説明をしなかった。

第六機動隊。臨海部を守る同隊は、拠点を品川《しながわ》区勝島《かつしま》に置いている。密航が絡んでいることもあり、捜査範囲が被《かぶ》る可能性も高いため、第六機動隊が組み込まれるのも無理筋ではないのかもしれない。

とはいえ——。

北森は、隣に座る関屋を盗み見る。とくに変化はない。聞いていなかったのだろうか。

それとも、聞いても、なんとも思わなかったのだろうか。

不安が頭を過《よ》ぎる。

最後に発破をかけた管理官の言葉の後、捜査会議が終了した。

暴力班の事務所に戻ると、エアコンから吹き出てくる風が顔に当たる。嫌な臭いが鼻を突いた。今は存在しない〝ナショナル〟製のエアコンは異音と異臭で自己主張をしている。以前、総務課に洗浄を依頼したが、予算がないということで断られてしまったので、北森がインターネットでエアコン洗浄スプレーを購入して試してみたものの、あまり効果はなかった。

冷房の効きが悪く、湿気が籠もっている。おそらく部屋の隅は黴が生えているだろう。窓を開けたいとも思うが、熱せられた空気を室内に入れたくなかった。

「関屋、聞いたか」

椅子に座った司馬は、扇子《せんす》で顔の辺りを扇《あお》ぎながら声をかける。

「六機も捜査本部に入るってよ。お前の古巣だろ」

その言葉を受けた関屋は、取るに足らないものを見るような視線を向ける。

司馬は豪快に笑った。

「六機の隊長、今も野本《のもと》らしいぜ」

「そうか」

静かな声で応じた関屋は腕を組み、目を瞑《つむ》った。

北森の胸に暗雲が垂れこめる。

暴力班のメンバーは、過去に不祥事を起こすなどし、爪弾きにされている状況でここに辿り着いている。もちろん、関屋も例外ではなかった。

関屋は過去、第六機動隊——通称、六機に所属していた。六機は臨海部初動対応部隊として、臨海部での不審船や不審人物などの早期発見と、犯罪を未然に防いで検挙することを任務としている。また、六機には警視庁レスリングクラブがあり、世界選手権への出場者や、オリンピックのメダリストを輩出している。関屋はもともとレスリング選手で、オリンピック候補選手でもあった。しかし、六機の隊長を殴ったことで立場が悪くなり、レスリングクラブを退部。暴力班に配置転換となった。

殴った理由は不明だが、隊長に難癖をつけられた後輩を擁護したという噂があった。その当事者である六機の隊長の野本が、捜査本部に組み込まれたのだ。不安しかない。

「ねぇ、ちょっといい?」

声をかけてきた小薬が手招きして、部屋の奥にあるテーブル席に座る。そこは、捜査資料などを広げて作業する際に使う場所だった。

北森が対面するように座ると、小薬が切り出した。

「力丸くんのことなんだけど」

関屋の話かと思っていたので意外に思ったが、この件は、もう一つの懸念事項だった。力丸は、今日も休暇を取っていた。

「なにか知っているんですか?」

僅かに身を乗り出した。

ここ最近、力丸は休暇を取ることが多くなっていた。警察官は職務の性質上、遠出をする場合には事前に報告が必要だった。そのため、それとなく理由を聞いてみたものの、都内の散策をしているのだと申しわけなさそうに答えるだけだった。

刑事課は、有給休暇を取ることが難しい。事件が発生すれば休みの日にも出勤しなければならない。暴力班は捜査一課に所属しているので、立場は同じだった。しかし、暴力班は周囲から煙たがられているため、大きな事件が発生して駆り出されない限り、休みは取りやすい。

裏を返せば、どこも暴力班をなるべく使いたくないのだ。

小薬は声を潜める。

「力丸くん、最近休んでばかりでしょ？　でも、具合は悪くなさそうだし、むしろ調子が良い感じだし」

小薬の指摘どおりだ。

ほとんど休みを取っていなかった力丸が有給休暇を取得し始めたのは、二ヶ月ほど前からだった。最初、どこか不調なのかと思って探りを入れたが、とくに問題はなさそうだった。食欲も相変わらずで、むしろ肌つやも良くなり、前よりも表情が明るくなっている。

今日も、突発的に休暇の連絡があった。電話越しに、わざとらしい咳《せき》をしていたし、本人は風邪気味だと言っていた。

これまでの休みの理由も曖昧だった。休日になにをしていても問題ではない。社会通念上は自由なのだろうが、警察官はその限りではない。そういう職業なのだ。

「実はこの前、池袋で見かけたの」

小薬は重大な秘密を打ち明けるように言う。

「力丸さんをですか？　なにかしていましたか？」

その問いに答えず、小薬は笑みを浮かべる。

「池袋駅の東口の近く、そこに家電量販店があるでしょ？　アウトレットって大きな看板が掲げてあるところ」

東口。記憶を呼び起こす。

「そこで待ち伏せしていれば、十二時少し前に力丸くんが通ると思うよ。今日」

それで話は終わりだと言うように、小薬が席を立って去っていく。

なにか知っている。ただ、ここで種明かしをするつもりはないらしく、直接確かめろということなのだろう。

時計を確認する。まだ十一時だ。

「すみません。少し出てきます。なにかあればスマホに連絡ください」

そう言い残し、荷物を持たずに外に出た。

東京メトロ丸《まる》ノ内《うち》線を使えば、池袋駅までは三十分ほどで到着できた。

広大で分かりにくい池袋駅を彷徨い、東口を出て、東側にある家電量販店に到着する。入り口付近にいると見つかってしまう恐れがあるので、奥まったところに潜むことにした。

平日なのに人通りが多い。本当に力丸がこの道を通るのだろうか。そう思いながら目を凝《こ》らしていると、十分ほどで当の本人が現れた。

横幅が二人分ほどもあるので遠くからでも目立つ。力士だった力丸は、引退後、飲食店を出すつもりで動いていたようだ。ただ、友人の誘いによって警察の採用試験を受け、合格。そのまま警察官の道に進むことになった。警察学校での研修を経て、湾岸警察署の地域課に配属された力丸は、持ち前の人懐こさで地域住民と仲良くなり、自然と情報が集まることで粗暴犯や窃盗犯を大量に捕まえることができた。そうやって目立ったことで捜査一課に引き抜かれたが、マイペースな上に根が優しい性格なのか、凶悪事件の被害者に感情移入してしまい使い物にならず、結果、暴力班に飛ばされたという経緯があった。

北森は、歩いている力丸の姿を観察する。

いつもはぶかぶかのスーツ姿なのに、今日はTシャツにチノパンという装いだった。

どことなく顔が綻《ほころ》んでおり、足取りも軽そうだ。

その様子を見た北森は、不安に駆られる。力丸の自宅は両国《りょうごく》にあった。池袋になんの用事があるのだろうか。

力丸が通りすぎたことを確認した北森は、距離を取りながら尾行する。力丸に周囲を気にしている素振りはなく、後ろを振り返ることもなかった。

歩いて二分ほど。力丸は、建物の中に入っていった。

時間を置いて、近づく。

角地にある、古い建物だった。三階建てのビルの一階部分には、いくつもの提灯がぶら下がっている。一瞬、居酒屋かとも思ったが、どうやら違うようだ。提灯にはそれぞれ〝トミオカ劇場〟と印字されている。また、壁には掲示板が掲げられており、今日の出演者の表記。名前と顔写真も貼られていた。一部の人は手で顔を隠しているが、口元が見えるので、雰囲気は伝わってきた。

「……これは」

ストリップ劇場というものだろう。

公演スケジュールを確認する。開演は十二時。それから四十五分刻みで出演者が入れ替わる仕組みのようだった。

意外な場所だったので、北森はやや困惑する。人の趣味に立ち入ることは憚《はばか》られる。

どうしたものかと、棒立ちになった。

客の出入り口は一カ所のようなので、このまま待つことも考えたが、別の懸念が頭を過ぎる。過去、風俗店で遊んでいた警察官が、暴力団に情報漏洩をして処罰されたケースもあった。暴力団は、所轄の生活安全課の刑事を遊ばせることで便宜を図ってもらうなど、あの手この手で懐柔してくる。

もし、力丸が捜査情報を流していたら――。

暴力班はその性質上、反社会的勢力と対峙することが多い。情報をリークされていたら大変なことになる。

視線を転じる。入場料は五千円と書いてあった。

周囲を確認した北森は、入り口に身体を滑り込ませる。

「一人？」

右手に受付があり、そこに座っている男に声を掛けられる。受付は僅かに奥行きがあり、設置されているパソコンの前に男がもう一人いた。

奥にある扉の前には、もぎりの男が立っていた。狭い空間に三人。業態のせいか、警戒している様が見て取れる。電気は消えており、外界の光のみで薄暗かった。

ストリップは風営法で届け出による営業が認められている。ただ、公然わいせつ罪によりしばしば摘発の対象になっており、経営者と従業員が逮捕されるケースもあった。

「……一人です」

北森は言いながら、財布から五千円を抜き取り、受付の男に渡す。スキンヘッドの男は、品定めするような視線を向けてきた。

「今日は誰かお目当てが？」

「え？」

唐突に問われた北森は、驚きを顔に出さないように意識する。これは、なにかの符牒《ふちよう》なのだろうか。外の掲示板に貼られていた名前を覚えておけばよかったと思いつつ、記憶を辿る。うろ覚えだった。下手な対応をするのは悪手だろう。

「……いえ、初めてなので」

その回答に、男はとくに不審がる様子も見せず、ペラペラの紙に日付が印字されているだけのチケットを手渡してくる。

「再入場できるけど、この紙を無くしたら入れませんから」

気がつくと、後ろに人が並んでいた。

北森は慌てて先に進む。

「もう始まりますよ」

もぎりの男は言い、扉を開ける。

扉の先は階段になっており、そこを下ると再び扉が現れた。引いても押しても開かない。

「それ、引き戸だよ」

背後に迫ってきた客が言う。

ただでさえ暑い空間だったので、汗が吹き出た。

「あ、すみません」

薄暗くて分からなかったが、指を引っかける窪《くぼ》みがあった。扉を横に引き、中に入る。

それほど大きくない空間だった。

前方にステージがあり、ステージ中央部分から客席に向かってランウェイが延びている。劇場内は思っていたよりも明るく、客席の間隔は狭い。平日にもかかわらず満員だった。ここは空調が効いていたため、汗が引いていくのを感じる。

力丸の姿はすぐに見つかった。ランウェイのすぐ近くの席に座っている。気付かれてはいない。北森は、声をかけるかどうか迷い、様子を見ることにした。

壁際に設置されたパイプ椅子に座り、それとなく周囲を観察する。

淫靡《いんび》な雰囲気は一切なかった。ここが下北沢《しもきたざわ》の小劇場だと紹介されても信じてしまうだろう。

また、意外だったのは、女性客が多いことだ。二割ほどだろうか。皆、慣れた様子だった。常連なのか、連れ立って見に来たのか、近くに座っている客と会話を交わしている。

紙袋を持っている人も多い。スマートフォンを出すこと自体を禁止する注意書きが壁に貼られていた。そのせいか、文庫本を読んでいる人も散見された。

「ご来場ありがとうございます。お待たせしました」

劇場内が暗くなり、スピーカーを通じて低い声が聞こえてくる。

「お一人目、清羅《せいら》さんでーす」

平坦《へいたん》な声で名前の紹介が終わると、ステージがカラフルな色でライトアップされる。そして、大音量の音楽が流れ始めた。聞き覚えのある音楽だった。誰の曲だったかと記憶を辿っていると、舞台袖から薄桃色の和服を着た女性が現れた。

ゆったりとした曲に合わせるようにして、女性が踊る。和服は制約が多いからか、大きな動きはない。それでも、重力を感じさせない軽やかな動きで、観《み》る人を魅了する力があった。立派なショーパフォーマンスだった。

踊っている女性は、服を着ていても線の細さが分かる。ショートカットで、溌剌《はつらつ》とした雰囲気だった。それほど化粧は濃くないのに、彫りが深い。口を開けたときの八重歯が印象的だった——。

そこで、既視感を覚える。

「あっ……」

思わず声が漏れる。

清羅と呼ばれ、ステージで踊る女性を、北森は知っていた。

曲が変わる。やや激しい曲調の洋楽だった。それに呼応するように、清羅の動きも大きくなっていく。

観客は、ステージに視線を注いでいる。

別の曲が流れたところで清羅は帯を解き、帯は音もなく床に流れ落ちた。そのまま和服を脱ぎ、白い肌襦袢《はだじゅばん》姿になる。露《あら》わになった肌に浮かぶ汗の粒が煌めく。細い四肢を使ってしなやかに踊る。音楽の起伏に合わせて動と静を切り替える。

一心不乱に踊っているかと思えば、水面を揺蕩《たゆた》うかのように静かに舞う。

客席に目配せをしたとき、一瞬、目が合ったような気がした。北森は慌てて顔を伏せた。

ステージの光が漏れて、観客側まで照らされているとはいえ、客席は薄暗い。目が合ったのは気のせいだと思うものの、動悸《どうき》が治まらなかった。

音楽が終わり、無音になる。布が擦《す》れる音で肌襦袢を脱いだのが分かったが、北森は顔を上げることができなかった。四曲目は、静かな曲だった。それが終わるまで、北森は自分の組んだ両手を見つめていた。

演目が終わると、劇場内が明るくなり、撮影会が始まった。一枚五百円というアナウンスがある。写真を撮りたい客が一列に並び始める。清羅は白い肌襦袢姿でランウェイの際《きわ》に膝を崩して座っていた。

最前列に並んでいるのは、力丸だった。狭い劇場なので、会話も聞こえてくる。

「お疲れ様です!」

力丸の声が上擦っていた。

「あ、力ちゃん!」

清羅は右手を振り、笑みを浮かべる。

「毎回来てくれてありがとうー」

「い、いえいえ。本当、今日もとても良いダンスでした」

恐縮した様子で首を振った力丸は、手に持っていた紙袋を手渡す。

「あ、これ、この前言っていたDVDです!」

「え? もしかして『太陽と月に背いて』のDVD?」

「そうです! レオナルド・ディカプリオのやつです。日本語字幕もついてます!」

「マジ? プレミアでしょ? 状態もいいし、十万くらいしたんじゃない?」

「大丈夫です!」

力丸は嬉しそうな笑みを浮かべ、更に二千円を出し、ツーショット写真を四枚撮っていた。人気があるのだろう。写真の列には二十人近く並んでいる。客一人あたり、一分ほどの会話と写真撮影が行なわれていた。

写真撮影が終わり、客から貰ったお土産《みやげ》を両手に抱えた清羅が舞台袖へ向かう際、再び目が合った。

意味深長な笑みを投げかけられた気がした。そして、人の内奥を見透かすような視線。

北森は、確信する。

見間違いではない。北森は、清羅を知っている。

幕間《まくあい》。

消えていった先をしばらく見てから立ち上がった北森は、満足そうな様子で座る力丸の肩を叩く。

振り返った力丸のにやけ顔は一瞬にして引き攣り、硬直した。

「ちょっといいですか?」

北森は、なるべく柔和な声になるよう努力した。

力丸を連れて外に出た北森は、日差しの強さに辟易《へきえき》しつつ、周囲を見回す。会話が聞かれないような場所に移動しようとしたが、池袋の土地勘があまりなかったため、道の端に寄って立ち話をすることにした。

「尾行するような真似《まね》をして、申しわけありません」

「……いえ」

身体の大きな力丸は視線を地面に落とし、縮こまっている。その様子は気の毒になるほどだった。

北森は、きつい口調にならないよう細心の注意を払う。

「最初に断っておきますが、力丸さんの休日の過ごし方を責めるつもりもありませんし、問題にしようとは思っていません」

反応はない。北森は周囲に聞き耳を立てている人はいないかと警戒しながら続ける。

「僕はですね、力丸さんが最近よく休暇を取っているので、なにをされているのか気になっていたんです。休むのは自由ですが、警察官という職種上、どうしても把握しなければならない部分もあるんです。それは、ご理解ください」

無言の力丸は、下唇を噛んでいた。

「一点だけ確認したいのが、たとえば、反社会的勢力に情報提供などをして見返りをもらっているとか――」

言っている途中で、力丸は勢いよく顔を上げた。

「そ、それはありません！　絶対にありません！」

全力で否定した力丸は、ぶるぶると頬の肉を揺らす。

「ぼ、僕は単純に、好きな人ができたんです……」

――好きな人？

危うく声が出そうになるのを堪える。そして、慎重に質問をする。

「……それって、先ほど舞台で踊られていた方でしょうか」

力丸の顔が、さっと赤くなる。そして、観念したように肩を落とした。

「……そうです。清羅さんです」

それから力丸は、ぽつぽつと事情を語る。

ストリップ劇場に行ったのは、偶然だったようだ。居酒屋で酒を飲んでいたとき、隣に座る客と意気投合し、誘われて一緒にストリップ劇場に入ったという。

「その客っていうのは、一般の方ですよね？」

不安を口にする。偶然を装って近づいてくる反社会的勢力の人間の可能性も否定できなかった。

「そっ、それは大丈夫です！　自分の分は自分で払いましたし、便宜を図ってもらったなどはありませんから」

力強く言う。その言葉に、嘘はないと北森は感じた。

その後、居酒屋で話した客と顔を合わせることはなかったようだが、力丸はストリップ劇場に行くことにはまってしまったらしい。そして、初日に見た清羅に惚《ほ》れ、追っかけのように通っているという。

「有給休暇を頻繁に取るようになったのも、これが理由ですね」

問われた力丸は、力なく頷く。

「……ストリッパーといいますか、あのご職業の方は、地方巡業というか……地方の劇場へ呼ばれたりすることも多くて、清羅さんは人気なので、いろいろと忙しいんです」

「そうでしたか」

呟きながら、地方巡業にまでついていく必要があるのかと考える。ファンの心理というのだろうか。もしくは、力丸自身は力士時代に地方巡業をしているはずなので、ファンがついていくというのは当たり前のことだと思っているのかもしれない。

力丸は、清羅の人気について力説する。

出演については期間が決まっているらしく、一公演が始まったら毎日出演するのが普通のようだ。しかし、人気の清羅はいろんな劇場から引く手あまたで、公演期間中に一度しか出演しないケースもあるらしい。例えば十日間の公演の場合は、基本的には同じメンバーが出演するが、清羅は公演中に一日だけということもあるということだった。今日は平日で、しかも清羅が出演するという告知がギリギリだったため、運良く空いていたらしい。

「僕は、特別席を予約していたので入れましたが、普段だったら見ることができないんです。北森さんは、運が良いです」

北森が劇場内に入れたことを言っているのだろう。力丸は、本気で北森のことを幸運だと思っているようだった。

頭を掻いた北森は、力丸の説明を制止し、状況を整理する。

「……まず、地方巡業ということは、休暇時に県を跨《また》いでいたということですね。警察官という職務上、旅行の場合、しっかりと届け出をする決まりになっています。以後、気をつけてください……理由は旅行とのみ記載していただければ結構です」

まさか、ストリッパーの地方巡業についていくという内容は記載できないだろう。監督する側として正しい判断なのか分からなかったが、反社会的勢力と繋がっているわけではないと本人も言っている。この件は、現時点では不問に付すつもりだった。

ただ、このような休みを頻繁に取ってもらっては困る。とくに今は、殺人事件の捜査本部が立ち上がり、暴力班も組み込まれているのだ。

少し苦言を呈することくらいは良いだろうと口を開いたとき、背後から肩を叩かれる。

驚いて振り返ると、サングラスをかけた小柄な女性が立っていた。白いTシャツに紺色のハーフパンツを穿《は》いている。

「よっ」

気さくな調子で片手を上げ、サングラスが外される。

「あっ！」

気の抜けたような声を発したのは、力丸だった。驚いた様子で硬直している。

「せ、清羅さん……？」

「さっきはどうもー」

力丸に会釈をした女性は、北森を見る。

「相変わらずだね、北森くん」

「……沙倉《さくら》さん」

清羅──沙倉は、見透かすような視線を向けてくる。舞台上から北森を見たときと同じ目だった。

どう反応して良いのか分からず、視線を彷徨わせた。

その対応を見て破顔した沙倉は、バシバシと北森の背中を叩く。

「幽霊を見たような顔しないでよー。失礼だよ」

笑い声を上げた沙倉は、紙を取り出し、北森のシャツのポケットにねじ込む。

「今、ちょっと忙しいからさ。またゆっくり昔話でも」

そう言った沙倉は、力丸に再度ＤＶＤのお礼をしてから、軽い足取りで駅とは反対方向に歩いていく。

その姿を、北森と力丸は呆然《ぼうぜん》と見送る。

「……えっ？　えっ？　ど、どういうことですか」

沙倉の姿が見えなくなったところで、力丸が迫ってくる。その迫力に、さすが元力士だと北森は思う。

「せ、説明しますから離れてください」

このままでは建物の壁に挟まれてしまう恐れがあったので、手で押し返しつつ告げる。

「し、知り合いなんですか？　昔話って、昔からの知り合いってことですか。それってつまり、幼馴染《おさななじ》みってやつですか」

押し返そうと北森は力を込めるが、力丸は構わず、ずんずんと寄ってくる。土俵際に追い込まれている力士の心持ちになる。

「沙倉さんは、僕の高校時代の同級生です」

その発言によって、ようやく圧力から解放される。

力丸も我に返ったように、力を抜いた。

「清羅さ……沙倉さんっていうんですね。良い名前ですねぇ」

恍惚《こうこつ》とした表情を浮かべている力丸を見て、あまり個人情報を話さないほうが良いだろうと思い直す。

「……話を戻しますよ。今日は休暇を取得されていますけど、明日は出てきますか？　咳も治まったようですし」

仮病で休んだことを思い出したのか、力丸の表情が引き攣る。

「明日は、問題ありません……もう行けます」

「分かりました。では、僕は戻りますので」

「あの……このことは」

心配そうな表情を浮かべる力丸の、言わんとしていることを覚る。

「大丈夫です。このことは誰にも言いません。もちろん、暴力班のメンバーにも」

安堵するように胸に手を当て、息を吐いた。そしてすぐに、輝く目を北森に向けてくる。

「そ、それと、清羅――沙倉さんのことなんですが――」

ほかにも沙倉のことについて聞きたいらしい。ただ、北森はそれを振り切り、一人で駅に向かった。

通行人にぶつからないように駅構内を進み、丸ノ内線に乗る。帰りは空《す》いていたので、席に座ることにした。

一人きりになり、今起きたことを思い返す。

まさか、力丸がストリップ劇場に通っていたとは思わなかった。反社会的勢力との癒着はなさそうだったので良かったが、ストリッパーに恋をしているのはどうしたものかと思う。恋愛は自由だ。しかし、そのまま静観していて良いのだろうか。

それに、相手は北森の高校時代の同級生である沙倉舞《まい》だった。複雑な気分になる。

沙倉がポケットにねじ込んできたものを取り出す。紙切れかと思っていたら、名刺だった。清羅という名前の下に、ボールペンで電話番号が書いてあった。北森は、個人用のスマートフォンに電話番号を登録する。

沙倉舞。それほど多くの思い出があるわけではなかったが、その存在は特別な記憶として脳裡《のうり》に刻まれていた。

お茶《ちゃ》の水《みず》に実家があった北森は、西日暮里《にしにっぽり》にある高校まで通っていた。全国に名を馳《は》せる進学校。親の財力と学力は比例すると言われる通り、北森の高校には有名な親を持つ生徒も少なくなかった。その中でも、北森は浮いた存在だった。父親が政治家で、しかも過激な発言がたびたびニュースで報じられていたので、あまり関わりたくないと思われていたのだろう。疎まれていたわけではなかったが、特別視されていたのだと今は思う。

――僕自身、あんな親を持つ同級生がいたら、どうしても色眼鏡で見てしまうだろう。

北森は自ら壁を作っていたのかもしれないが、親しい友人と呼べる人はいなかった。話をする相手がいなかったわけではない。日常生活に困らない程度の表面的な付き合いはしていた。ただ、その中で、沙倉は特別だった。沙倉も学校生活に順応していないタイプの生徒だった。別に、性格に難があるわけでも、北森のような外的要因もなかった。沙倉は、一種近寄り難い雰囲気の持ち主で、要するに、周囲と比べて大人だったのだ。

当時の北森は、学校をサボりがちだった。明確な理由があったわけではなく、あの空間にいると息が詰まったのだ。閉塞感から逃避するため登校せず、その代わりに谷中《やなか》にある純喫茶に入り浸って本を読んだり、店に置いてあるレコードを掛けて聞いたりしていた。当時は、その過ごし方を格好いいと思っていた。初老の店主は、学ラン姿の北森を受け入れてくれたし、学校を無断欠席して家に連絡されたところで誰も咎める人はいなかった。居心地の良い雰囲気が気に入って純喫茶に通っていたのだが、理由はもう一つあった。そこで、ときどき沙倉と会えたからだった。

まったくの偶然だった。どちらが先に純喫茶に行くようになったのかは定かではなかった。おそらく、通い始めたのはほぼ同時期だったのだろう。

沙倉から声をかけてきたのが、交流の始まりだった。

——暇そうだね。

ぽんと、軽やかな口調を投げかけられた。これがきっかけだった。

それから、純喫茶で会ったときは話をするようになったが、学校で顔を合わせても会話はしなかった。事前に取り決めたわけではない。それが、二人の不文律だった。

乗っている丸ノ内線の車両が大きく揺れ、北森は目を瞬かせる。

記憶の海から引き上げられた北森は、沙倉に連絡してみようかと思い、ショートメールで名前を打ち込んで送る。力丸のことについて聞きたかった。それに、沙倉に聞いてみたかったことがあった。どうして、なにも言わずに高校を中退してしまったのか。当時のあの交流は、沙倉の中退という行動によって断ち切られた。中退した後の沙倉は、純喫茶に顔を出さなくなった。連絡先も知らなかったので、それで終わりだった。あのときの喪失感は、今でも思い出すことができる。

ポケットにスマートフォンをしまおうとしたところで、メールの着信がある。沙倉かと思ったが、送り主は小薬だった。残念に思いつつ、内容を確認する。

――至急、事務所に戻ってきて。流血必至。

北森は目を見開いた。説明不十分の情報だったが、急ぐには十分なものだった。

霞ケ関《かすみがせき》駅で降り、駆け足で警視庁本部庁舎に入る。エレベーターを使わずに階段で二階まで駆け上がり、暴力班の部屋に入ると、見知らぬ男が立っていた。

かなりの長身だった。目つきが鋭く、鷹《たか》を連想させる。自分の容姿が人を威嚇することに長けていると自覚しており、その威力を日常的に活用しているのだろうと感じさせる、効率的で効果的な威圧感を発していた。年齢は四十代くらいだろうか。もっと若いかもしれないが、貫禄があるので年配に見える。

男と対峙しているのは、関屋だった。両者、睨み合っていたらしい。

「あ、北森くん」

小薬が安堵したような表情を浮かべていた。その呼びかけに反応した男は、不敵な笑みを向けてくる。

「これはこれは」

男は大仰な動作で歩み寄ってくる。

「警察組織内の、無駄な人件費代表である北森さんですね。噂に違《たが》わず、机の上で勉強するしか取り柄がなさそうだ」

暴力班に着任して以降、陰口を言われることは多く、面と向かっての悪口も少なくないので、こういった挑発には慣れているつもりだった。しかし、男の発する悪意に、思わず気色《けしき》ばむ。

「……キャリア組の北森警部です。父親は、検察に睨まれている衆議院議員の北森敦史《あつし》で、父親のせいで暴力班の班長をやっていますが、父親のお陰で警察組織も僕をおおっぴらに弾劾《だんがい》できません」

北森は、堂々と胸を張る。暴力班の班長をやっていれば、常識なんてことは言っていられない。使えるものは使う。威圧の道具になるものはすべて利用する。

「つまり、非常にたちの悪いエリートってことですが、そんな僕に、なにかご用でしょうか」

北森の言葉を聞いた男は、不快そうな表情を浮かべた。

「六機の第一小隊長の野本だ。階級は警部補。勉強だけの方とは違い、叩き上げだ」

嫌みったらしく告げる。

第六機動隊は三個小隊からなる一個中隊でできている。小隊は二十人から編成され、中隊で六十人。

第一小隊長ということは、かつて関屋と因縁のあった男だと北森は記憶していた。

野本は、嚙みつくような笑みを浮かべている。どことなく司馬の笑い方に似ていた。そう考えると、北森にとっては見慣れた表情だった。暴力班にいると、強面に嫌というほど対峙する。威嚇程度では動じなくなっていた。過去からは考えられない成長だったし、できればそんな成長の仕方はしたくなかったと思う。

自然と、苦笑いが顔に広がる。

「……なにが可笑《おか》しい？」

低い声で問う。野本は馬鹿にされたと思ったのか、気に障ったような表情を浮かべていた。

「いえ、思い出し笑いです。気になさらないでください」

北森は咳払いをして、続ける。

「それで、ご訪問いただいた理由を伺っても良いでしょうか」

野本の歪められた顔には、怒気が含まれていた。よほど、北森の反応が気にくわなかったのだろう。

威嚇するような視線を向けたまま、口を開く。

「中国人二名が殺された件、六機も捜査に加わることになった。といっても全員ではなく、俺を含めた四人だ」

「どうして、六機が捜査に当たるんでしょうか」

素朴な疑問を口にする。

機動隊は、治安警備や災害警備等を主たる任務としている。警視庁の機動隊には第一から第九機動隊に加えて、特科車両隊があり、それぞれの部隊は特徴を持っている。近年は治安警備だけではなく、各種犯罪の防圧や検挙活動、交通指導取り締まりなど多角的に活動しているほか、専門技能を持ったレンジャー部隊や水難救助部隊による救出活動、爆発物処理と活動範囲が広範囲になっているのは確かだ。

第六機動隊は拠点を品川区勝島に置いているということもあり、臨海部初動対応部隊を有していた。

いくら活動範囲が広がっているとはいえ、殺人事件の犯罪捜査とは畑が違う。

野本は、舌を鳴らすような不快な音を発する。

「今回の事件は、密航者がらみだということが判明している。最近、小規模の密航が多発していることを鑑みて、状況把握のために第一小隊が捜査に加わることになった……というのは表向きで、本当は、密航者を取り逃がして殺人事件が起きたことを上のほうが憂慮しており、早期解決のための投入だ」

野本は感情を表に出すタイプなのだろう。不満がありありと顔に出ている。早期解決のための投入。捜査は頭数が多いほうがいいので、その理屈は分からないでもない。だが、六機が絡む明確な理由にはならない。

野本は、片方の耳の穴に指を入れ、顔の半分だけを歪める。

「俺たちは捜査本部に入るが、基本的には単独行動だ。邪魔するなよ」

「それを言うために、わざわざ来られたんですか」

北森の言葉を聞き、野本は舌打ちをする。

「いや、六機からお払い箱にされた奴の惨めな姿を見たくてな。わざわざ様子を見にきてやったんだ」

野本は関屋に視線を移し、にやりと笑う。

「生き恥をさらしやがって。お前も、あいつみたいに死ねばよかったんだ」

野本が蔑《さげす》むように言う。

その瞬間だった。関屋が瞬く間に野本に詰め寄った。

衝突。その寸前に割って入ったのは司馬だった。関屋と野本の間に、大男が立ちはだかる。

「怪我《けが》したくないなら、帰ってくれ」

司馬の、大太鼓のような心臓を震わせる声。脅しとは思えない迫力だった。

司馬に見下ろされた野本は、顔を引き攣らせたが、すぐに怒りに塗り変わる。

「……お前も、こんな価値のない場所にしがみついていないで、スポーツごっこを再開したらどうだ？　往生際が悪いぞ」

「スポーツってのは、往生際が大切なんでね。どんでん返しってのは、際《きわ》の際に起きるんだよ」

司馬は動じなかった。

睨みを利かせた野本は、再度舌打ちをしてから、ゆっくりとした足取りで部屋を出ていった。

野本が去って行く姿を凝視していた司馬が、関屋に身体を向け、ぽんと肩を叩く。

「殴るのは今じゃねぇ」

そう言って肩を叩いた司馬は、椅子に座って雑誌を読み始める。

安堵の息を吐いた北森は自席に着き、緊張を解く。ここで乱闘になったら、目も当てられないと思いつつ、野本が放つ独特な雰囲気が残る部屋を見る。皆、ピリピリとしているようだった。

機動隊は警察署内とは一風異なった軍隊気質で、機動隊への異動命令を受け退職する人もいるという噂もあった。

記憶を辿る。

二〇二〇年七月、千代田《ちよだ》区富士見《ふじみ》の路上で、第五機動隊の男性巡査長が拳銃自殺をしている。

また、二〇二三年一月には、自民党本部の隣のビルで拳銃自殺を図った機動隊員がおり、同年五月には、千代田区永田町《ながたちよう》の首相官邸守衛所のトイレ内で、第四機動隊の男性巡査が頭から血を流しているのが見つかり、搬送先の病院で死亡が確認されていた。

警視庁の機動隊員は四千人ほど。割合として多すぎると北森は思っていた。

鼻梁《びりよう》に皺を寄せる。

野本が残していった邪気が、今もなおこの場所に滞留しているような気がした。

3

ネタは足で稼ぐ。

それが、週刊東洋の雑誌記者である歌野陽子の信条だった。むしろ、足で稼がなければネタを取ることができない環境だった。

週刊東洋の母体となる東洋新聞社が所属する記者クラブは警察幹部との繋がりも弱く、情報収集が難しかった。

だからこそ、情報を取りに行く。そのために、あらゆる手段を尽くす。

「おはようございます」

声の方向に視線を向けると、新顔の綾佳《あやか》が立っていた。まだ幼さの残った顔立ちをしている。俗世の名残は、金髪に染めた長めの髪。その髪も、根元の部分が黒くなってい る。服装は自由だったが、綾佳は貸与されている麻の服を着ていた。

挨拶を返す。歌野自身、ここに来てまだ数日だったので、滞在日数は綾佳とたいして変わらない。

「ここ、涼しいですね」

のんびりとした口調で言った綾佳は、空を見上げる。それに釣られて、歌野も上を見た。都会で過ごしていたときに、空を観察したことがあっただろうかと考える。

青色の空は、薄い膜が張られているかのように僅かに濁っている。心象がそのまま表われているのかもしれない。

隣に立つ綾佳を見る。

この村に来た当初は、なにかに怯えるように視線を彷徨わせて、落ち着きがなかった。それが数日でみるみるうちに生気を取り戻して、別人のような雰囲気をまとっている。

「暑いけど、都会よりは涼しいね」

歌野は、スニーカーで地面を蹴る。

アスファルト舗装が施されていない地面からは、じりじりとした熱が立ち上ってはこない。土が熱を吸収しているのだろう。ヒートアイランド現象という言葉は、ここでは無縁だった。

大きく伸びをした綾佳は、コーヒーを淹《い》れると言って家に戻っていく。

残った歌野は、再び空を見上げた。四方に手足を伸ばしたような木々の枝が、太陽の光を遮っている。それらが微風に揺られ、ざわめく。

小さな鳥が視界を横切る。囀《さえず》りが耳に届く。急《せ》かすような広告も、追い立てるような音も、ここには存在しなかった。

都会とは時間の流れるスピードが違う。ここが東京都とは思えなかった。深呼吸をすると、都会では嗅ぐことのできない匂いが肺を満たす。

思い切り息を吐いて、肩の力を抜いた。

古ぼけた木造の戸建てが密集して立ち並んでいる一角に視線を向ける。草木に絡まれ、自然に呑《の》み込まれそうになりつつも、なんとか文明を保っているように感じた。

「あっつ……」

歌野は、額に浮かんだ汗を手で拭った。

都会より涼しいとはいっても、太陽の光は平等だ。降り注ぐ日差しは暴力的だった。

もう一度、地面を軽く蹴ってから、部屋に戻ることにした。

大きな二階建ての戸建てを改造した家には、六部屋の居住スペースが用意されていた。

キッチンやバスルームは共同だったが、とくに手狭ではない。元々、三世帯ほどが暮らしていたのだろう。家は大きな造りをしていた。

部屋に戻り、二段ベッドの下の段に横になった。信者が増えたときは相部屋になるようだが、今のところは一人部屋だった。共同生活を覚悟していたので、一人の空間が確保できたのは僥倖《ぎょうこう》だった。

車の排気音も雑踏も聞こえない環境。旅行に来たような心持ちになる。ただ、これは仕事であり、足でネタを取っている行動の最中だった。

歌野は、新興宗教団体である〝オープンライト〟に潜入していた。

ここは、東京都奥多摩町棚澤《たなざわ》にある場所だった。かつては〝棚田〟と呼ばれていたらしい。今は廃村だったが、オープンライトはここで宗教活動をしていた。

日本の宗教団体の数は、約十八万もある。そして、新興宗教団体は四百ほどだと言われており、信者は日本人の一割にも上ると考えられているが、実際の数は分かっていない。

新興宗教団体には、怪しいものも多い。その中で歌野がオープンライトに潜入しようとしたのは、ここが、極めて特殊な性質を持っているという噂があったからだ。

宗教団体というのは教義を広めたり、儀式や行事を行なったり、信者を教化・育成したりすることを目的とする団体だ。信者を増やし、お布施を回収することで活動を維持している。そのため、過度な勧誘や異常に高額なお布施の回収が問題になることも少なくなかった。

しかし、オープンライトはほかの宗教団体とは一線を画していた。

お布施については、信者たちの判断に完全に委ねられている。強要されることも、打診されることもない。建前ではなく、本当にお布施を渡さなくてもいい。現に、歌野は入信するにあたり、一円もオープンライトに渡していない。そのような条件で入信しても、今のところ差別されることはなかった。

また、衣食住が保障されているというのも、ここの特徴だった。行き場のない信者に対して、オープンライトは住居を用意していた。それが、現在歌野が潜入している棚田だった。不便な立地だったが、非常に過ごしやすい環境でもあった。スマートフォンを取り上げられてしまうが、外出も自由。ただ、棚田は山奥にあるため、歩いて下山するのは非常に困難であり、実質、ここに留《とど》まることを余儀なくされる。

コンビニも遊ぶような場所もないが、オープンライトの幹部が信者たちの交流を促す催しもあるし、テレビゲーム機なども用意されていた。暇潰しはできる。

もちろん、奥多摩町棚澤の棚田に住まないという選択肢もあった。その場合、オープンライトと信者は連絡先を交換し、必要に応じてオープンライト側から連絡するという体制のようだ。

――必要に応じて。

いったい、必要とはどういうことなのだろうか。

棚田では、定期的な会合があるわけではないらしい。礼拝もなく、宗教行事もない。義務といえば、棚田での生活をつつがなく送るための役割分担。それと、畑の野菜を育てるくらいだった。育てるといっても、趣味の範囲に留まっている印象だったし、参加しなくても咎められることはない。

そもそも、オープンライトは宗教という括《くく》りにこだわってはいないという。厳格な決まりごとは存在せず、あるのは、自然派のコミュニティーのような緩さ。

まだまだ、分からないことだらけだった。

部屋の扉がノックされ、歌野は思考の海に潜るのを止める。

「どうぞー」

歌野が言うと、綾佳が入ってくる。手に、グラスを二つ持っていた。

「アイスコーヒー、いりますか?」

ちょうど、喉が渇いていたところだった。礼を言って受け取る。プラスチックのコップに入ったコーヒーには、溶けて小さくなっている氷が三つ浮かんでいた。氷の周囲には泡が付着し、今にも消えてなくなりそうだった。

一口飲む。味が薄かったが、文句は言えない。

「なんか、やっぱり変なところですね。ここ」

綾佳は言う。

「変って？」

記者の顔を隠し、訊ねる。どこからどう見ても、変に決まっている。ただ、第三者の意見は貴重だ。

「だって、お金取られないじゃないですか。このコーヒーだって無料だし」

「たしかにね」

コップの中に入っている黒い液体に視線を落とす。

生きるためには金がかかる。それは当然のことだ。それなのに、ここではすべてが無料で提供された。

電気代もかかっているはずなのに、その金額を請求されることもない。

食事や日用品は幹部が買ってきているようだ。贅沢《ぜいたく》品はないが、必要なものは揃っている。物足りないものの、文句を言うほどでもない。

幹部と呼ばれる人間は、棚田に三人いた。男が二人で、女が一人。常駐しているかは不明。

信者はおおよそ三十人。ただ、見知らぬ顔を見かけることもある。信者なのか幹部なのかは分からない。外にいる信者が呼ばれてやってくるのだろうか。身なりから読み取れる情報は少なく、本人にインタビューをするわけにもいかないので、謎だった。

また、棚田から出て行く人も頻繁にいて、信者の入れ替わりはそれなりにあるようだった。この村でのステージを終えると、別の場所に移るという話だ。

ずっと棚田にいることはできない決まりだった。また、無料ですべてが揃う安寧な生活よりも、都会の刺激を求めて帰ると申し出る人もいると聞いていた。

目の前の綾佳も、いつまで保《も》つか。

初日に聞いたが、綾佳は住む場所がないにもかかわらず、歌舞伎町《かぶきちょう》のホストに入れ揚げ、ホストクラブに多額の代金を立て替えてもらっていたようだ。売掛――いわゆる〝掛け〟というもので、それが溜《た》まった結果、売春や風俗で金を稼ぎ、ホストクラブの返済に充てていたという。そういったストレスのある生活から、複数のホストクラブで遊ぶようになり、首が回らなくなった。

そんなとき、オープンライトの信者に声をかけられたという。綾佳は袋小路に陥った生活から逃げ出したいと思っており、怪しいとは感じつつも、金がかからないというオープンライトの言葉を信じてついていき、棚田に辿り着いたということだった。ホストから、海外で売春しろと迫られ、反社会的勢力からの圧力もあり、藁《わら》にもすがる思いだったらしい。

反社会的勢力と繋がりのあるホストクラブは少なくない。掛けの回収を反グレに依頼しているケースもあり、回収金額の半分を支払っていると言われている。客一人の掛けが数百万円に上る場合もあるので、回収すればそれなりの儲けを得られるという仕組みらしい。ほかにも、首が回らなくなった女性を、オーストラリアなどの異国の風俗店に出稼ぎさせる仲介業者もいた。

深くは聞いていないが、綾佳はホストクラブの掛けを残したまま逃げてきたのだろう。ここにいる限りは安心だろうが、歌舞伎町に戻って捕まったら、今度こそ海外に売られるかもしれない。

「あの、桐ヶ谷《きりや》さんって、どんな人か分かります？」

訊ねた綾佳の瞳が輝いている。

「……桐ヶ谷さん。幹部の？」

「そうです。イケメンのほうです」

弾んだ声を発する。

このことを聞くために、アイスコーヒーを持ってきたのかと合点がいく。

「どうだろう……」

「なにか知っていることがあればで良いんで、教えてください」

綾佳は両手を合わせ、拝むようなポーズを取る。

入れ揚げたホストの次を見つけたということか。歌野は内心で呆れるが、顔には出さなかった。

幹部の一人である桐ヶ谷は、典型的な優男で、女性にモテるタイプだった。背が高く、すらりとしている。口調も柔らかかった。おそらく、桐ヶ谷目当てにオープンライトの信者で居続ける女性信者も少なくないはずだ。

「桐ヶ谷さんみたいな人が好みなんだ」

化粧をしていない綾佳の肌に、少し赤みが差す。

「それはそうですよ。イケメンだし、優しいし。絶対に良い人ですって」

ほとんど話したことはないはずだ。それなのに、ここまで自信を持って力説できるのは、思い込みが激しいタイプなのだろう。

「たしかにイケメンだけどね」

歌野は同調するが、桐ヶ谷について知っている情報はなかったので、なにも答えようがなかった。

「もう一人の志木《しき》さんって人はどう？」

歌野の言葉に、綾佳は苦いものでも食べたかのような表情を浮かべる。

「えー、もしかして、ああいう人が趣味なんですか？」

「趣味じゃないけど、聞いてみただけ」

「本当ですかぁ？」

綾佳は疑わしそうな視線を向けつつ、会話を楽しんでいる様子だった。

「志木さんって正直、怖いじゃないですか」

身長が百九十センチメートルほどある志木は、強面で無愛想だった。口数も少なく、必要最低限のことしか話をしていない印象だった。

桐ヶ谷が信者たちのまとめ役で、志木は棚田の用心棒のような役割を担っているのだろう。

残りの幹部である女性は朝川《あさかわ》という名前で、医師の役割も兼ねている。背が高く、冷たそうに見える顔立ちだったが、いつも笑みを浮かべているからか、好印象だ。男性信者から人気があるようだ。

「たしかに、怖い感じだよね」

「志木さん、絶対人を殺していますって。あの目、冷血人間の目ですって」

やはり、思い込みが激しいのだろう。ただ、同意する部分もあった。志木の目は、冷たい。

「そんなことより、桐ヶ谷さんの情報ないんですか？」

すり寄ってくる綾佳から逃れるように、歌野は身体を避《よ》ける。

「私もちょっと前に来たばかりだから、よく分からないけど、良い人だと思うよ」

適当な感想を述べる。

綾佳の顔が、ぱっと華やぐ。

「そうですよねぇ！　絶対に良い人ですよね！　あー、彼女とかいるのかなぁ」

「聞いてみたら？」

「えー、聞けないですよ。いたらショックだし」

「でも、いないかもしれないし。いないなら、狙ってみるのも良いんじゃない？」

歌野は話に相槌《あいづち》を打ちながら、ここでの暮らしについて考える。

棚田に住んでいる信者は、もともと住所不定のその日暮らしをしていた人ばかりのようだった。それもそうだろう。今までの生活を擲《なげう》って棚田で過ごすのは、責任のある立場では難しい。人生をやり直したいと思ってオープンライトの信者になり、棚田で生活している信者も少なくないはずだ。

信者に話を聞いて回ったら教団側に警戒されるので控えているが、ここでの生活に問題点はほとんどなく、暮らしぶりについて聞くことができた信者たちは、全員が満足している様子だった。

食事については、幹部がまとめ買いをしてきて、各人に振り分ける。自炊しても良いし、出来合いのものを食べるのも自由だった。スナック菓子なども二日に一度くらいのペースで配られている。

それらの食費を徴収されることもない。もちろん、住居費や水道光熱費も無料だった。

自然派を自称する団体としては、この食生活はあまり褒められたものではないと思うが、信者たちはとくに気にしている素振りを見せていなかった。ときどき、収穫した野菜が食卓に並ぶこともあるものの、それで自然派のコミュニティーと主張するのは無理がある。

食事は、住んでいる家単位で摂られるので、もしかしたら別の家は違う食事なのかと思って探りを入れてみたが、どこも同じようなものだった。

オープンライト。

厳密な教義はなく、明確な指針もない。ただ、俗世から少し離れ、自然の中で健康的に過ごすことが目的のようだった。曖昧な上に、よく分からない。

歌野は最初、オープンライトはアーミッシュのようなものかとも思っていた。アーミッシュは、多くがドイツ系移民の宗教集団で、アメリカやカナダに約二十万人以上が暮らしているといわれる。移民当時の生活様式を守り、今でも農耕や牧畜を営み、自給自足に近い生活を送っている。電気をほとんど使わないのもアーミッシュの規則であり、移動手段は馬車という徹底ぶりだ。彼らはキリスト教者の共同体であり、移民当時の生活様式を保持するために、生活様式に関するルールを取り決め、それを厳格に守っている。

それに対して、オープンライトはそもそも棚田にいる明確な理由がない。こんな辺鄙《へんぴ》な場所に身を隠すように生活するのなら、相応の目的があってしかるべきだ。しかし、棚田に身を置いてもなお、どういう意図なのか理解できなかった。

そして、信者から無理に金を吸い上げない。

棚田でのこの仕組みを維持する金がどこから出ているのか。信者の生活費を、どう賄《まかな》っているのか。

奇特な篤志家《とくしか》でもいるのか、それとも、なにか収益源となるものがあるのか。

歌野がオープンライトを調べようと思ったのは、懇意にしている毎朝《まいちょう》新聞の記者である佐伯《さえき》からの情報提供だった。もともと、佐伯は大学の同窓で、仕事のできる男だった。定期的に会っており、面白いネタを優先的に貰っていた。

週刊誌記者は大きな記者クラブに所属できず、情報源となる各界のトップとも繋がりにくい。そのため、新聞記者に情報を提供してもらうことがある。新聞記者は持ちネタを自分で書かないケースが少なくない。新聞社の意向で書けないことがあるからだ。その埋没していたネタの一つが、オープンライトだった。新聞社は、宗教記事を書きづらいが、週刊東洋なら可能だ。

オープンライトの情報はインターネット上にはほとんどなかったため、潜入取材がもっとも効率が良い。それで歌野は入信したが、オープンライトは不可解なことばかりだった。とくに不思議だったのは、入信する際、採血が義務づけられていたことだ。

棚田に行かない場合は、新宿にあるオープンライトの事務所で採血が行なわれ、棚田での生活を選んだら、棚田で採血される。

どうして、血液が必要なのか。その問いに対する答えは、オープンライトでの生活を通じて健康になったかどうかの指標として血液を採取し、分析に使うということだった。

要するに、簡易な健康診断ということなのだろう。

しかし、釈然としない思いがあった。

歌野の記者魂が燃える。

うろ覚えだが、ある出版社の偉い人の発言を思い出す。

——大新聞が部数競争という商業主義に堕《だ》してしまった現在、ジャーナリズムの本道である問題提起能力や興味本位ではない政治や社会といった分野への注意喚起能力を持っているというプライドがジャーナリストには必要だ。

綺麗事だ。

現に、歌野が所属する週刊東洋は、しっかりと商業主義に堕している。

しかし、矜持《きょうじ》もあった。ジャーナリストの使命。闇を照らし、墜《お》ちてしまった人を救うこと。これから墜ちる人をなくすこと。

この世には、法律では対応できない領域が存在する。そこを、ジャーナリストが穴埋めするのだ。

不意に、鈴がじゃらじゃらと鳴るような音が外から聞こえてきた。窓から外の様子を窺うが、音の原因は分からなかった。

翌日は七時に起き上がった。目覚ましのアラームで起きない朝は新鮮だった。ここでは、起床時間も決められていない。

歌野は、大きな欠伸をして、昨日開封したミネラルウォーターの水を飲んだ。温《ぬる》いが、渇きが癒えて目が覚める。

普段は出社が遅いため、起きるのはいつも十時過ぎだった。ずいぶんと早く覚醒するなと思ったが、昨日寝たのが九時頃だったので当然だろう。

棚田では、やることがない。

ここではアルコールを飲むことは禁止されているし、暴食も認められていない。当然、喫煙も不可だった。

昨日は昼食の後、自由参加でストレッチ体操が開催された。信者全員が一堂に会することのできる空間はなかったので、外で実施され、三十人近くの信者が集まった。棚田にいる信者がこれで全員か分からなかったが、皆、暇を持て余しているので参加したのだろうと歌野は思った。講師は幹部の桐ヶ谷。健康を維持しようという説明のあとに、ストレッチ体操をしたが、なかなか本格的なもので、終わったときには汗が滴るほどだった。その後、身体に良いと配られたザクロジュースを飲みながら信者たちと交流することになった。ただ、桐ヶ谷と志木の二人の幹部がいたので深い話はできなかった。その催しも二時間ほどで終わり、信者たちはそれぞれの家に引き揚げていった。あとは、だらだらと過ごしただけで一日を空費した。家のリビング部分にはテレビゲーム機が備え付けてあるものの、歌野はもともとゲームが苦手だったので使ったことがない。漫画や小説も置いてあったが、手に取る気にならなかった。

歌野の目的はオープンライトの内情を探ることなので、暇潰しをしている暇はない。組織の深層を掘り起こすには幹部に接触するのがもっとも効果的だとは分かっていたものの、なかなかその機会に恵まれなかった。食事や日用品を運んでくる桐ヶ谷の姿は比較的よく見かけるものの、いつも忙しそうにしていた。志木は無愛想で近寄り難く、医師の朝川もときどき見かける程度だった。

夜は外出できない決まりになっているので、日が暮れたら外を歩き回るわけにもいかない。そもそも、街灯のない山道を歩くのは危険だった。仕方なく、昨晩は信者の取材をすることにした。

生活の拠点となる家は性別で分けられており、歌野が暮らす家には、自身と綾佳のほかに三人の女性がいた。年齢は若く、ここに来る前は定職には就いていなかったという。全員が、家出同然で東京にやってきて、転々としていたところをオープンライトに拾われたということだった。

棚田には男性の信者もいたが、昼間にそれとなく聞いたところ、皆、似たような境遇だった。人生に行き詰まって途方に暮れている人や、なにかから逃げている人。オープンライトは身体を健康にするという名目があり、自然派グループといっていい。それなのに、棚田で出会う信者は、いわゆる社会的弱者ばかりだった。

信者たちは、誰もがオープンライトの教義に賛同して入信したわけではないように感じた。最後のよりどころとして、ここに辿り着いたように見えた。

オープンライトの教義と無関係とも言える生活を送ってきた信者たち。

それでも、幹部たちは身体を健康に保つことを推奨し、信者もここの生活スタイルに順応している様子だった。

最初、なにもない棚田から逃げ出したくなる信者はいないのだろうかと思って聞き込みをしていたが、そもそも逃げてきた先が棚田なのだ。信者たちは、ここのほかに行き場のない境遇で、だからこそここに留まっている。

ただ、ずっとここにいることはできない。これは歌野がオープンライトに入信したときに桐ヶ谷から説明を受けた。

棚田にいるのはせいぜい二ヶ月から三ヶ月だという。だからこそ、ここの信者はお金がかからず、追い立てられることもない棚田での生活を楽しんでいるのだろう。信者の男女はともに若く、教団側からは恋愛についての言及はなかったので、そういった駆け引きを楽しんでいる様子も散見された。ただ、恋愛の末の不適切な行為はそれとなく禁じられているようだった。

歌野は、ノートに書き込んだ昨日の出来事を読み終えてから立ち上がる。そして、今日はどうやって情報収集をしようかと思いつつリビングに向かうと、綾佳が椅子に座ってテレビを眺めているのが目に入った。

「あ、おはようございます」

透明のコップに入っているジュースを片手に挨拶してくる。色合いから、おそらくリンゴジュースだ。冷蔵庫に入っているジュース類は、果汁百パーセントと記載されているものしかなかった。

オープンライトは、ところどころ自然派グループを思わせるようなものを組み込んでくる。もっともそれは、ただの言い訳のためのツールでしかないように歌野には思えてならなかった。

「おはよう」

軽く手を挙げて応じ、ダイニングテーブルの上に置いてある段ボール箱の中身を確認した。幹部である桐ヶ谷により、家ごとに一週間分の食事が段ボール箱に入って運ばれてくる。その中身は、信者で分けることになっていた。

段ボール箱の中にはレトルトのカレーに八宝菜、パックご飯、果物、パスタとパスタソース。乾麺のラーメンとうどん。野菜はネギとミックスベジタブル。食パン。

本当に自然派を目指す教団なのだろうかと疑問を抱かざるを得ないラインナップだった。当初は無農薬野菜や、無添加食品、抗生物質や合成抗菌剤を使用していない肉といったものが用意されると思っていた。

「……まぁ、こっちのほうが気楽で良いけど」

独りごちながら食パンを取り出し、冷蔵庫に入っているスライスチーズを載せて、年季の入ったオーブントースターで焼いた。そしてコップにリンゴジュースを注ごうとするが、中身がほとんど残っていなかった。僅かな液体を注ぎ、紙パックをゴミ箱に入れようとする。しかし、ゴミ箱が溢《あふ》れかえっていたため、新しいゴミ袋を取り出して入れ替える。

「あ、板チョコがあったので、確保しておきましたから。後で分けますね」

綾佳がテレビ画面から目を離さずに言う。

「ありがとう」

そう答えた歌野は、パンパンになったゴミ袋の口を縛ってから家を出て、三分ほど歩いた場所にあるゴミ集積エリアに捨てる。ゴミ袋がいくつか溜まっていた。

ここに集められたゴミ袋は、いったいどこに消えているのだろうか。棚田のシステムは、まだまだ分からないことだらけだった。

「おはようございます」

振り返ると、神経質そうな男が立っていた。チノパンに、皺だらけのTシャツを着ている。まだ三十歳にはなっていないだろう。日焼けしていない肌は白く、透き通っていた。やや病的とも言える白さだったが、健康を損なっているようには見えなかった。

男の手にもゴミ袋が握られている。

挨拶を返す。その間、男はほとんど視線を合わせなかった。

蠅《はえ》がまとわりついてきたので、すぐにゴミ集積エリアを後にする。

歩いていると、前方に桐ヶ谷の姿があった。綾佳がイケメンと評するとおり、目鼻立ちのくっきりとした優男。ゆっくりとした歩調。上下黒のジャージ姿で、手にはペットボトルが握られている。散歩でもしているのだろうか。

「どうも」

桐ヶ谷から声をかけてくる。

「散歩ですか？」

会釈をした歌野が問うと、桐ヶ谷は笑みを浮かべる。

「そうです。どうも身体を動かさないと気が済まない体質でして。僕、前に少しだけジムのインストラクターをやっていたんです。昨日のストレッチ体操も、ジムで教えていた内容なんですよ」

そういうことかと歌野は納得する。

「ここの生活には慣れました？」

頷いた歌野は、周囲に視線を向けた。

「なにもないって環境に最初は面食らいましたけど、今では、まぁ、それも悪くないかなって思います」

嘘ではない。自然の中に身を置くことが心地良いと思ったのは、初めてのことだった。

「ですよねぇ。娯楽がないから暇ですよね」

当人が心底思っているのだろう。言葉に実感がこもっている。

「まぁ、僕は買い出しとかで下山できますけど、それでも暇ですねぇ。ここ、本当になにもないですから」

ため息交じりに言う。

まだ桐ヶ谷が話し足りない様子だったので、チャンスだと思った歌野は質問を投げかけることにした。

「あの……ちょっとお聞きしたいことがあるんですけど」

「なんですか？　僕で答えられることなら」

人当たりの良い笑みを浮かべた桐ヶ谷が応じる。警戒されてはいない。

「ここ、廃村になる前は人が住んでいたんですよね？　ここにいた人は、なにを生業《なりわい》にしていたんですか？」

なるべく他意のない調子で訊ねる。かつての生業から、なにか手掛かりを摑むことができないかと思ったのだ。

質問の内容が意外だったのか、桐ヶ谷は目を丸くした。

「そうですねぇ……僕もよく分からないですけど、戦前戦中はケシを植えていたみたいですよ。戦後も、アヘンとかを作って売っていたんじゃないですか？」

それは、歌野が推測していた回答だった。

戦時中、日本は十指に入るアヘンの生産国だったらしい。生アヘンの中には鎮痛作用のあるモルヒネが成分として含まれており、国策により増産がなされていた。アヘンは戦時中に国民学校などで栽培し、教師の指示で生徒がケシから滲《にじ》み出る乳液をバケツで集めていたという。戦後、アヘンの生産はＧＨＱによって禁じられたが、すでに日本全国にアヘン中毒者が溢れていたため、禁止後も需要はあった。戦後のどさくさに紛れ、こういった場所でケシの栽培をしていた可能性はある。

かつて、この一帯はケシの白い花に埋め尽くされていたのだろうかと想像する。

「あ、そろそろ行かなきゃいけないんで」

桐ヶ谷は軽く会釈してから立ち去る。歩く先には医院があるなと思いながら後ろ姿を見送った歌野は、来た道を戻る。

家に入り、空調の効いたリビングで一息吐いた。都心よりも涼しいとはいえ、少し立ち話をしただけで汗ばんだ。

二階の部屋から声が聞こえてくる。笑い声も混じる。

この奇妙な共同生活にも慣れ始めていた。明確な指針もなく、目的といったものも与えられずに過ごす日々に面食らったが、それでも上手くいっているのは、緩いながらも協調関係にあるからだろう。

ゴミ出しだってそうだ。曜日ごとに当番を決めず、溢れかえっているのを見つけたら捨てにいく。

なんとなく、気付いたことをやる。

それでここの生活は上手く回っていた。明確な役割が決まっていないので苛《いら》つく場面もあるものの、そもそも、棚田の信者は入れ替わりが激しく、増減もあるので、役割を決めても意味がなくなってしまう。都度、当番を決めるよりも、この状態がもっとも効率的なのかもしれない。

手を洗った後、焼けたトーストを皿に載せ、ペットボトルに入っているアイスコーヒーを注ぐ。アイスコーヒーは無糖タイプだった。そのままの味が苦手なので、コーヒーフレッシュを入れてみた。酷い味になった。それでも、飲めなくはないので我慢する。

喉の渇きを癒やすためだけにコーヒーを喉に流し込んだ歌野は、綾佳の後頭部に目を向ける。

「綾佳さんってさ、健康に興味あるの?」

「ん? どうしてですか?」

「いや、なんとなく」

「そうですねぇ」

テレビから目を離した綾佳は、歌野を見た。

「ないと言えば嘘になりますけど、あるってわけでもなく」

禅問答のような発言をして、小首をかしげる。

「でも、前の生活では好きでもない酒を飲んで、ずっと脳みそがアルコールでプカプカ浮いているような状態だったので、今のほうが良いです。まぁ、ずっとここにいろって言われたら逃げますけど。あ、桐ヶ谷さんと付き合えるなら、ここに永住するのを考えてもいいかなぁ」

そう言って笑った綾佳の顔は、ここで初めて出会ったときよりも、ふっくらとして健康そうに見えた。

乾燥した目を擦った北森は、暴力班の部屋に設置してあるノートパソコンの画面を凝視していた。

4

東京湾から密航した中国人は三人いたことが分かっており、二人は池袋で遺体となって発見された。

ＳＳＢＣが防犯カメラの映像を解析し、残り一人を拡大した画像が配布されていた。粗さを取り除いた顔は、鮮明に人着《にんちゃく》を識別できるようになっていた。

男は、頭の両サイドの髪を短く刈り込むクルーカット。背は高く、筋肉質。画像を加工したせいか、目はナイフで切り込みを入れたかのように細かった。

特徴的な顔だったが、見当たり捜査のように街中を歩き回って探しても見つけるのは難しいだろう。

「中国人コミュニティーは当てにできないな」

暴力班の部屋に唯一あるソファに腰掛けた司馬が言う。スプリングが壊れており、司馬の体重でギシギシと音が鳴っていた。

先ほど、亀戸に拠点を置く李に会いに〝快楽飯店〟に行ったところだった。そこで、捜索中の中国人と思しき人物の写真を見せて情報提供をしてほしいと伝えたが、体よく受け流されてしまった。

「中国人コミュニティーは結束が固いからね」

小薬が言う。

「組織間の抗争が絡んでいたり、自分に利益がある場合だったら容赦ないけど。でも、李は本当に分からない様子だったよ」

印刷した男の写真をひらつかせる。

三人を乗せて東京湾に入った船舶は特定できていなかった。今のところ、行方《ゆくえ》をくらませた男が事件解決の鍵を握るとされ、捜査本部の捜査員たちが血眼になってその行方を追っていた。

また、遺体となって発見された二人が、どうして奥多摩の車を盗んだかも焦点の一つとなっていた。周辺に捜査員を派遣して聞き込みを続けているものの、成果はなかった。

北森は視線を感じ、その方向を確認する。力丸だった。目が合ったら慌てて逸らされたが、こちらが気になって仕方がない様子だった。

ストリップ劇場に通って、ストリッパーに恋をしていることを誰かに告げ口されないか心配しているのだろう。

大丈夫だということを伝えるために、北森は頷いてみせる。それを見た力丸は、この世の終わりといった調子で、恐れ戦《おのの》くように身体を震わせた。上手く伝わらなかったようだ。

小薬の顔が、視界の端に映る。すべてを見透かしているのだろう。ニヤニヤと笑っていた。

「……なにか、別の方策を考えなくてはならないですね」

北森は腕を組んだ。

暴力班は捜査本部に組み込まれているので、捜査会議で報告された内容は把握できる。ただ、ほかの捜査員から存在を疎まれているため、捜査本部に上がってこない情報を得るのは難しく、どうしても遅れを取ってしまう。各班、功名心から情報をしばらく秘匿するケースもあった。

「種は蒔《ま》いたから、ゆっくり待てば良いんだよ」

司馬が言う。

「どんな種ですか」

司馬が蒔く種は、毎回面倒ごとを引き起こす。

不安を掻き立てられた北森が訊ねると、司馬は鼻を鳴らして笑う。

「そのうち分かる」

答えをはぐらかされた。

司馬の自信に満ちた表情を見る。行く末を案じ、気が重くなる。

そのとき、暴力班の部屋に訪問者があった。

捜査一課の白鳥涼子だった。

「ちょっと良い？」

北森に向かって言った白鳥は、関屋を一瞥《いちべつ》してから部屋を出て行った。

後を追った北森は、白鳥に伴われて廊下を歩き、人気《ひとけ》のないところで向かい合った。

「なにかあったんですか」

北森が問う。暴力班部屋から連れ出されたということは、ほかのメンバーに聞かれたくない内容だろう。

「池袋事件、進捗はどう？」

白鳥は質問に答えず、事件名を口にする。今回の事件の戒名は池袋二遺体遺棄事件捜査本部だったが、誰もが池袋事件と通称で呼称していた。

白鳥の班は別の事件を担当することになっており、池袋事件の捜査本部には組み込まれていないはずだ。どうして、そんなことを訊ねるのか。

「……まだ進展がないですね」

不思議に思いながら応じると、白鳥は険しい表情になる。そして、その顔をずいっと近づけてきた。化粧っ気のない顔に疲れが出ているし、やや髪がほつれている。警視庁捜査一課は十班あり、事件が発生すれば順番に担当することになっている。事件は日々発生するので、休んでいる暇はなかった。

「そう……」

頷いた白鳥は、一瞬躊躇《ためら》ったあと、口を開く。

「六機の件だけど」

声を潜めた白鳥は、周囲に視線を走らせる。誰かが聞き耳を立てていないかを警戒している様子だった。

「六機が池袋事件に組み込まれたのは、被害者たちが東京湾から密航してきたからだって言われているけど……そんなのは建前」

疲れた調子が声に混じっている。

白鳥の言葉どおりだと北森は思っていた。いくら六機が東京湾を管轄しているとはいえ、本来殺人事件の担当ではない機動隊が捜査本部に入る理由にしては脆弱《ぜいじゃく》すぎる。

「それなら、六機が組み込まれた理由はなんですか」

聞きながらも、なんとなく目的は分かっていた。

白鳥は、さらに小声になった。

「暴力班を蹴落とすために決まっているでしょ」

「……やっぱりそうですか」

北森は肩を落とした。

白鳥は続ける。

「暴力班は、特別部隊だけど曲がりなりにも捜査一課でしょ。だから、捜査一課の捜査員はおおっぴらに対立できない。でも、六機なら、しがらみがないから揉め事を起こせる。六機と暴力班を衝突させて、なにか不祥事が起きたら、上層部は全力で暴力班を吊《つる》し上げるつもりみたい」

そんなことだろうと思っていたら、案の定だった。北森はため息を漏らす。

警察組織は、暴力班を追い出したがっており、とくに北森を排斥《はいせき》したいようだった。過去にも、暴力班に失態をなすりつけようとする動きはあった。しかし、北森の父親が衆議院議員で政界の重鎮のため、あからさまなことはできないのだろう。

六機がどういった動きをしてくるか分からなかったが、警戒するべきに違いない。

「衝突は避けられないと思うけど、健闘を祈る」

そう言った白鳥は、北森の背中をポンと叩き、笑いかけてから去っていく。

白鳥は警察組織のあり方に疑問を抱いている様子なので、暴力班に肩入れしているわけではないが、こうして情報を共有してくれる。暴力班の数少ない味方の一人だった。

「ありがとうございます」

去って行く背中を見ながら、北森は軽く頭を下げた。

暴力班の部屋に戻ると、小薬以外の姿が消えていた。

「……あれ、ほかの方は？」

机の上にタロットカードを並べている小薬に訊ねる。また、なにかを占っているのだろう。

「なんか、力丸くんと深く話し合いたいってことで、司馬くんが無理やり連れ出していったよ。関屋くんも捕まっていたし。表向きは、捜査情報を収集するための外出ってことだけどね」

僅かに目をすがめる。職務放棄は、今に始まったことではない。

「……小薬さんは行かないんですか」

「私？　私は、ちょっと気になることがあるから」

そう言うと、タロットカードの横に置いてあるスマートフォンを一瞥した。どこかからの連絡を待っているのだろうか。

「あっ」

時計を見ると、十八時を過ぎていた。血の気が引く。

「す、すみません。今日はお先に失礼します」

北森は慌てて荷物をまとめる。約束の時間に間に合うかどうか、微妙なところだった。

「気をつけてねぇ」

小薬がひらひらと手を振ってくる。その薄い笑みには、すべてを見透かす仏像のような趣《おもむき》すらあった。まさに、アルカイック・スマイルそのものだった。

警視庁本部庁舎を出てからタクシーを拾い、東京駅からほど近い場所に建つ新丸の内ビルディングに向かった。

こういうときに限って、頻繁に赤信号に阻まれる気がする。

スマートフォンで遅れる旨をメールするが、既読にならなかった。

目的地に到着し、エレベーターで七階まで上がる。

指定された店に到着したときには、約束の十八時三十分を過ぎていた。待ち合わせだということを店員に告げ、店内を見渡す。奥の席に座る沙倉と目が合った。

「すみません」

謝りながら席に座る。沙倉はすでにビールを飲んでいた。ハワイ料理を提供する店で、沙倉の目の前にあるのもハワイのコナビールだった。

「気にしないで。というか、敬語止めてよ。すみませんって。会社じゃないんだし」

「す……り、了解」

北森は額に浮かんだ汗を手で拭いながら言う。

「別に遅れても良いのに」

沙倉が笑う。高校時代に見た、少し陰のある笑顔だった。

同じコナビールを注文し、乾杯する。肉料理を頼む際、沙倉は三杯目のビールを注文していた。顔がまったく赤くなっていないところを見ると、アルコールに強いのだろう。

「急に呼び出して悪いね」

沙倉が言う。

「いや、大丈夫」

答えながら、視線をテーブルの上に落とした。先日渡された電話番号にショートメールを送ると、その夜には返信があった。そこに書かれていたのは、会って話したいという内容で、どんな話かと訊ねると、会ってからでないと言えないとはぐらかされた。

そして、今日に至る。

北森は口元を手で拭う。多少の後ろめたさがあった。力丸が恋している沙倉と二人で会っているのだ。疚《やま》しいことはないが、どこか気が引けた。

「私、ハワイが好きなんだ」

「え？」

唐突に発せられた言葉に、上手く対応できなかった。

沙倉は、店員が持ってきたスパムフライを頬張る。

「ハワイが好きなの。だから、この店にしたんだ」

その言葉を聞いて、過去の記憶が呼び覚まされる。高校時代に入り浸っていた純喫茶の初老の店主がハワイ好きで、コナコーヒーを店の売りにしていた。ハワイ島西部で生産されるコナコーヒーは、キリマンジャロとブルーマウンテンに並んで世界三大コーヒーと言われているというのも、当時教えてもらった知識だった。

「高校時代に、あの喫茶店に行っていたのは、コナコーヒー目当てだったとか？」

北森の問いに、今度は沙倉が言葉に詰まった様子を見せるが、すぐに合点がいったように頷く。

「あ、たしかに、あの店はハワイ推しだったね。店内にハワイ土産の置物とか置いてあったし。でも、あそこは、ただ学校をサボるために行っていただけ。家から適度に離れていて、通学経路にあったから定期券が使えたし。まぁ、私はあのときからハワイが好きで、あの店はコナコーヒーが売りだったから、よく飲んでたけどね。でも、通っていたのは単純に、居心地が良かったから。あの店、ほかの客は全然来ないし、安心できたんだ。本当、良い時間だった」

北森は同意する。

学校に行かず、純喫茶で本を読んだり、音楽を聴いたりしていた時間は、かけがえのないものだった。客のいない静かな店内は、目まぐるしく動く世界の中から取り残されたような隔絶された空間だった。

「どうしてハワイが好きなの？」

「どうしてだろう……実は、分からないんだ」

沙倉は、照れるような笑みを浮かべる。

「気付いたら、ハワイの景色とか文化とかが好きになってた。単純に、遠くにある場所を求めていて、それがたまたまハワイってだけだったのかも」

なにかに想いを馳せるような視線を中空に向けた後、ビールに口をつけてから、テーブルに肘を突いて顔を寄せてくる。

「それで、今なにやってるの？」

予期していた質問を受けた北森は、視線を彷徨わせた。ここに来る前から、どう答えようか迷っていた。はぐらかそうとも考えたが、嘘だということが明るみに出たときのほうが面倒になるという結論に至った。

結果、正直に告げることにする。

「今は、警察官をやってる」

その言葉に、沙倉は目を見開いた。

「……もしかして、あの力丸さんって人も？」

北森が頷くのを見て、沙倉は大きく目を見開いた。

「力丸さん、もしかしてストリップ劇場の内偵だったとか？　北森くんがこうやって近づいてきたのも、摘発のため？」

両手で身体を抱くようにしながら、警戒するような視線を向けてきた。

その反応に北森は慌てる。

周囲に客は座っていなかったが、チキン串を運んできた店員が不審そうな目をしていた。

「……い、いや……」

慌てて弁解しようとした矢先、沙倉はペロリと舌を出した。

「うそうそ。別に気にしてないから。こっちは公然わいせつで摘発されるかもってことは承知してやってるからさ。つまり、我々は敵対関係にあるということだね」

あっけらかんとした調子で言った沙倉は、チキン串にかぶりついた。

「……敵対関係というか」

「いいのいいの。気にしないで」

手をひらつかせた沙倉は、楽しそうに笑っていた。

「で、どうして警察官になったの？」

天井から降り注ぐライトの明かりで輝いた瞳を向けられた北森は、不自然にならないように顔をテーブルに向ける。

「……どうしてだろう」

警察官になった理由。そして、爪弾きにされてもなお、警察組織に居続ける理由。

「……正義ってものが分からなくなったから、それを確かめるために正義を体現する組織に入ろうと思ったのかも。でも、正義ってのがなにか余計に曖昧になっているような気もするから、それをはっきりとさせるために、まだ警察官をやっている感じかな」

「なにそれ。なぞなぞ？」

「うーん、多分そう」

北森の受け答えが面白かったのか、沙倉はお腹《なか》に手を当てて笑ってから、目に浮かんだ涙を拭った。

「まぁ、警察官、似合ってると思うよ」

「……似合ってるかなぁ」

北森は苦笑いを浮かべつつ、膝詰めで話をしたのは、今日が初めてだったかもしれないと思う。

高校生の頃、こうして二人で向かい合って話をしたことはなかった。純喫茶の同じ空間にいても、別々のテーブルに座っていた。ときどき話すことはあっても立ち話で、大抵は本やレコードについてだった。そのため、沙倉の性格も把握していなかった。捉えどころがなく、容易に近づけない雰囲気を持っていた。

なんの前触れもなく高校二年生のときに退学した沙倉とは、それ以降会っていない。そもそも、当時から連絡先を知らなかった。

ビールを追加注文した沙倉の顔が、ほんのりと赤くなっていた。化粧をほとんどしていないであろう顔は、高校生のころとほとんど変わっていない。

北森は、咳払いをした。

「沙倉さんは、どうして、その、ストリッパーを？」

聞いていいのか迷ったが、問い返すのが礼儀だろうと思い、口にする。

「どうしてだろう。なんとなく、かなぁ」

なにかを隠している様子はなく、本心からの言葉に感じた。

「ダンスが好きだったわけでもないし、ストリッパーって給料安いし」

「……安いの？」

意外だった。

「安いよ。昔は四百軒くらいストリップ劇場があったみたいだけど、今は二十軒もないから。当然、踊り子も減って、現役は百人くらいだと思う。そして劇場が減ったっていうことは、客も減ったってこと。ストリップ劇場は下火だよ」

そう告げた沙倉は説明を続ける。

ストリップ劇場は、十日間ごとに出演メンバーが替わる仕組みで、基本的には踊り子は十日間を通して一つの劇場で踊るということだった。

「私は自由にさせてもらっているから、一日だけの出演とかもあるんだけど。通常は十日間で、一日に四ステージをこなして、普通だったらトータルで十五万くらいかな。二十日働いて月収三十万。AV女優とかいった特別な肩書きがあれば十日間で四十万くらい稼げるみたいだけど、加齢とともにギャラは下がるし、踊り子は個人事業主だけど源泉徴収もされて、交通費や衣装代も持ち出し。常にステージに呼ばれる人は一握りだから、収入も不安定だよ。でも、寝泊まりは劇場側が無料で寮を用意してくれるし、私は人気があるからそれほど待遇は悪くないよ。チップも貰えるし。お金は貯《た》まる」

「あとは、写真撮影の売上とか？」

沙倉が踊った後に、写真を撮るために並んでいた力丸たちの姿を思い出す。

「写真の売上は劇場側の収入になるから、私の手元には残らない。お土産は貰えるけどね」

「そうなんだ」

世知辛いなと思いつつ、料理をつまむ。

先ほど、なんとなく踊り子になったと言っていたが、流れでストリッパーになるということがあるのだろうか。文字通り、全身をさらけ出す仕事なので、それなりの覚悟がいるだろう。なにか、隠している事情などがあるのではないか。

「別に、ストリッパーになった背景とか、なにもないよ」

北森の思考を読み取ったのか、沙倉は不意に呟く。

「強いていえば、高校を辞めてから、家を出て、いろいろな職業に就いたんだけど、それなりに大変だったんだよね。もう日本にも未練ないし、親とも絶縁してるから、思い切ったことをしてみようって考えたの」

「日本に未練はないってことは、海外に移住するとか？」

沙倉は目を細め、その問いには答えなかった。

「親と不仲っていう点では、北森くんと同じだね。まぁ、うちの親はクズ親だから、北森くんの親とはタイプが違うだろうけど」

どう反応していいのか分からなかった北森は、曖昧な相槌を打つだけに留めた。

会話が途切れ、無言の時間が続く。

北森は、不思議とその状況が心地良いと感じた。純喫茶に入り浸っていた頃の感覚を思い出す。互いに存在は認識しつつも、積極的には関わらない当時の姿勢が気持ちよかった。今にも通じる空気。まるで、高校生の頃に戻ったみたいだなと考える。

「あ」

沙倉がなにかを思い出したように声を発した。

「実は私、ときどき、家出少女を家に泊めてあげてるんだ。些細《ささい》な慈善事業ってやつ？」

「へぇ」

意外な話だった。

沙倉は続ける。

「繁華街とかに、ずっと座っている子とかいるでしょ？　最近だと売春目的もあるけど、なんか途方に暮れている子もいて。私、困っている子とか悩んでいる子を見つける才能があるんだよね。昔の自分に似ているから。で、そういった子に声をかけて、少しだけ面倒をみてあげるの」

言いながら、肩をすくめる。

「まぁ、偽善なんだけどね。私が家を出て、右も左も分からない状況からここまで来ることができたのは、たまたま、心根の優しい大人が面倒を見てくれたからなんだ。だから、その恩返しを少しでもできればと思って」

少し恥ずかしそうに沙倉は言い、はにかむ。

「それで、この前、道端で呆然と立ちつくしていた綾佳って子がいろいろと大変なことになってたみたいだから、家に泊めつつ解決できるように動いていたんだけど、なんか面白いコミュニティーがあるからって言って、出ていっちゃったの」

「面白いコミュニティー？」

沙倉は頷く。

「新宿を歩いていたら勧誘されたらしいんだけどさ。宗教というか、自然派のグループみたいな感じで。お布施とかしなくても良くて、無償で衣食住が保障されているらしいんだけど……どう考えても怪しいでしょ？」

怪しいどころではないと北森は思う。

「綾佳はもう家を出ていって、そのコミュニティーに属しているようなんだけど、ちょっと気になるから様子を見に行こうと思ってるんだ」

「拠点はどこなの？」

「なんか、タナダって呼ばれているところ」

タナダ。そんな地名は、少なくとも都内にはなかったはずだと北森は思う。

沙倉は、ずいっと顔を寄せてくる。

「絶対に怪しいでしょ？　だから、綾佳がいつも持っているルイ・ヴィトンのショルダーバッグにAirTag《エアタグ》を入れておいたの。追跡しようと思って」

「……さすがだね」

エアタグは、Apple社製の紛失防止タグで、位置情報を確認することができる。実際に使ったことはないが、精度が高いという話を聞いたことがあった。

「ショルダーバッグの内側に少し破けている箇所があったから、そこに放り込んでおいたの。勝手にやって悪いとは思ったけど、あの子、すぐに人を信用する感じだったし、不安だったから」

その口調から、本気で心配しているのだろうと読み取ることができた。

沙倉は、真剣な眼差しを向けてくる。

「それで、お願いなんだけど、そのグループのことが分かったら共有するから、ちょっと調べてくれないかな？　警察ならできるでしょ？」

「……ああ、うん」

安易に受けるべきではないと思いつつも、頷いてしまった。

「それと、もし連絡がつかなくなったら、同級生のよしみで私を探し出してね」

沙倉はイタズラを思いついた子供のような、楽しそうな口調だった。

「そんな物騒な……」

「この世界は、ずっと物騒だよ。まぁ、警察官には釈迦《しゃか》に説法だろうけど。ともかく、お願いね」

念を押された北森は、仕方なく頷く。

それを見た沙倉は、安堵した表情を浮かべる。

「良かった。ありがとう」

そう言って、残りのビールを飲み干した。

北森は、目の前に並べられている料理を見る。

ふと、疑念が生まれた。

沙倉はどうして、食事に誘ってきたのか。元々同級生で、偶然再会したので懐かしがって連絡してきたとばかり思っていた。ただ、高校生の頃は特別仲が良かったわけではなく、共通の話題などほとんどない。

では、なぜ。

疑問の先にある、一つの可能性。

もしかしたら、綾佳の一件を頼むために連絡をしてきたのだろうかと邪推する。力丸が事前に沙倉に対して、自分が警察官だと漏らしていたら、北森も同じ職業に就いている確率が高いと分かる。

警察官ならば、今回の件を頼む相手として適任だろう。

そこまで推量した北森は、浮かんだ考えを打ち消す。それならば、力丸に頼むことだってできたはずだし、わざわざ食事という形式で会わなくても良かっただろう。いや、そもそも先ほどの会話で沙倉は、自身や力丸が警察官であることを知らなかったようだった。

物事を悪い方に捉えるのが北森の癖だった。

食事に誘われた理由を聞くのは野暮だと思いつつも悶々《もんもん》とした気持ちを抱えたが、勘ぐるのを止める。

どうせ、考えても答えは出ない。

それよりも、綾佳が所属したというコミュニティーについて詳しく聞くべきだろう。

今までの情報だけでも、犯罪に巻き込まれる可能性は十分にあった。

まずは、そのコミュニティーの拠点の場所を聞き出さなければと思ったところで、スマートフォンが鳴った。

ディスプレイを見ると、司馬の名前が表示されていた。

電話に出るか迷う。

「出ていいよ。仕事でしょ?」

表情を読んだのだろうか。店員にカクテルの注文をした沙倉が言う。

「……ごめん」

店を出た北森は、通話ボタンを押す。

「なにかありましたか」

〈ん? なんだ、ずいぶんと騒がしいところにいるな〉

指摘された北森は周囲を見回す。いつの間にか、廊下の一角に設置されたブースで、DJがターンテーブルを回していた。その音が飲食店フロア全体に響いている。廊下にDJがいるのが、なんともちぐはぐな印象だった。

〈お楽しみのところ申しわけないけどな〉

司馬の声の背後からも喧噪が聞こえてくる。人通りの多い場所にいるようだ。

〈今、新宿にいるんだが、ここら辺に密航した中国人が潜伏しているって情報が入った

んだ〉

「……密航した中国人」

復唱しながら、防犯カメラの映像を思い出す。遺体で発見された二人と共にいた男のことだろう。

疑問が浮かぶ。

「……どうして、居場所が分かったんですか」

消えた中国人の行方は、捜査一課を筆頭に捜査本部で捜索している。

――種は蒔いたから、ゆっくり待てば良いんだよ。

前に司馬が言っていたことを思い出す。蒔いた種が発芽したということか。ただ、どこにどんな種を蒔き、どんな芽が出たのかが問題だ。

〈だから、蛇の道は蛇って言うだろ〉

電話越しに、司馬が笑う。

〈遺体で見つかった二人の殺され方から、普通の密航者じゃねぇってことは分かる。つまり、姿をくらませた男も普通じゃねぇってことだ。だから、普通じゃない道を歩んでいる奴に調べさせたんだ〉

「普通じゃないって……」

〈暴力団だよ〉

司馬は、さらりと言ってのける。

〈構成員の数は減っているが、縄張りである繁華街の監視網は十分機能しているからな〉

「繁華街？　どうしてそこにいるって思ったんですか」

〈消えた男が逃げているとしたら、人混みの中だ。人混みの中のほうが逃げやすい。路上で寝ていても見咎められない。身を隠すなら、まったく人がいない場所か、人が溢れかえっている場所だろ？〉

要するに、直感ということか。

ただ、木を隠すなら森の中というのは理にかなっている。

「よく、暴力団が協力してくれましたね」

当然のことだが、警察と暴力団は敵対関係にある。かつて、マル暴の担当者の一部が暴力団と蜜月関係になっていたという話はあるが、今は関係性が冷え込んでいる。

〈この前、白虎団のユーエンを捕まえただろ？　暴力団は、外国人マフィアに手を焼いている。縄張りを侵してくるし、すぐに暴力に走る。つまり、俺がユーエンを捕まえることは、暴力団の利になるんだ〉

「……まさか、そのためにユーエンを？」

〈そんなわけねぇだろ。ただ、結果としてマフィアの力を削いだのは事実で、そのことに奴らは感謝しているって構図だ〉

一部の勢力を削げば、別の力が勢いづく。暴力団と半グレの構図と同じだ。暴対法で暴力団を締め付けた結果、半グレの活動を助長した経緯もある。

〈まぁ、あとは、いろいろと脅したからな。非常に協力的だったよ〉

おそらく、司馬の脅しのほうが奏功したのだろうなと北森は思う。

「それで、男はどこに潜伏しているんですか」

その問いに、一瞬の間が生まれる。

〈ともかく新宿にいる。歌舞伎町だ。別に来なくてもいいぞ。見つけたら、俺たちだけで突入するから〉

「ちょ、ちょっと待ってください」

野放しにしていたら、どんな厄介事を起こすか分からない。

そこまで考えて、違和感に気付く。

「……どうして、事前に僕に電話をしたんですか」

疑問だった。普段の司馬だったら、勝手に突入して、大惨事を起こす。今回のように、事前に電話をしてくること自体が異常だった。

〈そりゃあ、お前が俺の上司だからだろ〉

「今まで、事前の連絡なんてしなかったじゃないですか」

その指摘に、僅かな沈黙が生まれる。

〈……心を入れ替えたんだよ〉

もっとも似合わない言葉を司馬が発する。

「信じられません」

〈信じられないもなにも、現にこうして連絡しているだろ……まぁ、あれだ。このエリアにいるのは間違いないはずなんだ。今、周辺を当たっている〉

歯切れの悪い返答を聞き、察する。

「探し回っても見つけられないから、捜索の頭数を揃えたいってことですね」

司馬は否定しなかった。

先ほど、司馬は俺たちと言っていたので、ほかの暴力班のメンバーもいるのだろう。沙倉の顔が頭に浮かんだ北森は、求めに応じて歌舞伎町に行くかどうか一瞬迷ったが、仕事を優先するべきだろうと結論付ける。

「分かりました。すぐに向かいます」

司馬が動き回っているということは、確度の高い情報に基づいているということだ。暴力班のメンバーが動いているのに、班長が動かないわけにはいかない。

通話を終えると、沙倉からショートメッセージが届いていた。離席したタイミングで送ったのだろう。そこには、沙倉が住んでいる家の住所と、鍵の隠し場所が記載されていた。

スマートフォンをポケットに入れ、店に戻る。

「ごめん。ちょっと呼び出しがあって」

椅子に座らずに告げ、一万円札をテーブルに置く。

きょとんとした沙倉だったが、すぐに合点がいったようだ。

「いいよいいよ。なんか警察っぽいじゃん」

「ごめん。また今度」

「うん。頑張ってね。いただいた一万円で、たらふく飲ませてもらうよ」

沙倉はにこやかに笑い、手を振る。

見送られた北森は、エレベーターを使って一階まで降りて、新丸ビルを出る。電車で行こうかとも思ったが、タクシーを拾って向かうことにした。

高速道路を走り、二十分ほどで到着する。連絡すると、ちょうど、歌舞伎町一番街の通りに司馬が立っていた。

歌舞伎町には暴力団事務所が林立しており、関係者が通りを歩いている。組に属していなくても、素性の分からない怪しい人間も多い。その中でも、司馬は突出した殺気を放っていた。

「まだ見つかっていないんですか」

近づいて声をかけると、舌打ちが返ってくる。

「新宿で目撃情報があったから捜しているが、見つからない」

「その、暴力団からの情報ではなんて言っていたんですか」

北森が問うと、司馬は頭を掻いた。

「ゴールデン街の近くに空き物件があって、内装工事のために業者が入ったら、男が居座っていたらしい。工事の兄ちゃんを突き飛ばして消えたから、行方は分からない」

「内装業者の話が、暴力団にいって、司馬さんにまで届いたってことですか……」

「その内装業者ってのが暴力団のフロント企業で、業者の話では、捜索中の中国人に似ていたらしい」

「それは、いつの話ですか」

「三日前だ」

「じゃあ、もういない可能性もあるんじゃないですか」

「いや、俺が提供した顔写真に似た男を、別の奴が昨日の夜に見かけたってことだ。それで、連絡があった」

暴力団に重要参考人の顔写真を配ったのは咎めるべきだろうが、今、そのことを言っても仕方ない。

「当然、男は目撃された場所からは姿を消していた。ただ、今日も見かけたという情報が入ったんだ。つまり、奴はまだ新宿にいて、同じように使われていない建物などに潜伏している可能性がある。悠長なことを言っていると別のエリアに逃げられる可能性もあるからな。それで、手分けして潜伏できそうな場所を当たっているってわけだ。じゃあ、なにかあったら連絡してくれ」

ほとんど情報共有をしないまま、司馬は立ち去ってしまう。

司馬たちは今まで、どこを捜していたのか。二度手間にならないよう、一度捜した場所に行かないように情報が欲しかったが、おそらくその余裕はなさそうだった。

ともかく、潜伏できそうな場所を捜すことだ。

周囲を見ると、店舗がひしめき合っている。人通りも多い。道を歩く一人一人の顔を確認していても、男を見つけることはできないだろう。

潜伏場所を捜すほうがいいと思いつつ、空き店舗か廃墟《はいきょ》を頭に浮かべる。ただ、あらゆるものが密集している新宿に、身を隠せるような空き店舗は少ないだろうし、廃墟も珍しいはずだ。

果たして、エリアを新宿に限定して男を見つけることができるのか疑問だったが、今は司馬が手に入れた目撃証言を頼りにするしかない。

歌舞伎町エリアから出た北森は、歩きながら廃墟を捜す。空き店舗は機械警備が設置されていて侵入が難しいところばかりだと想定されるため、捨て置いた。

平日なのに酔客が多い。

闇雲に歩いていても仕方ないと思いつつも、手探りで探すしかない。

当てもなく歩き回る。電飾が眩《まぶ》しく、耳障りな音楽が方々から聞こえてくる。

ゆっくりとした歩調で、通行人にぶつからないようにしつつ死角になりそうな場所を中心に捜索する。やがて、花園《はなぞの》神社まで来たが、成果はない。

夜の花園神社にも人通りはあり、参拝する人もいた。

汗で、シャツが肌に張り付いて不快だった。アルコールを飲んでいたせいか、身体が熱い。自動販売機でペットボトルの水を買い、一気に飲み干す。

時計を見ると二十二時を回っていた。

スマートフォンを取り出し、新宿に廃墟がないか検索する。検索上位に、廃墟ばかりをまとめているホームページがあった。どうやら、管理人が日本各所の廃墟を訪問し、所感を記事にしているようだ。写真も掲載されている。

エリアを指定すると、検索結果が出る。意外と新宿にも廃墟が多い。住所を確認し、コピーする。そして、廃墟がある場所の住所を地図アプリで検索すると、レジデンスなどの別の建物が建っていた。三軒検索して、すべてが同様のケースだった。記事の掲載時期を確認すると、ずいぶんと古いものだった。

それでも、歩き回るよりはましだ。

虱潰《しらみつぶ》しに記事を確認していると、一軒、現存している廃墟を見つけた。

新宿区戸山《とやま》にある〝若松住宅〟と呼ばれているマンションだ。かつて、国家公務員の宿舎として使われていたようだが、十年以上も塩漬けにされているらしい。地図アプリで確認すると、今も存在している。記事では、二〇一一年に全戸が退去してから廃止が決まったものの、その後の活用方法が決まっていないと書かれてあった。

巨大な廃墟だ。出入り口も複数あり、そのすべてに警備会社のセキュリティーが設置してあるとは考えにくい。身を隠すのには適しているだろう。

タクシーを拾い、運転手に行き先を戸山一丁目二十番と指定する。花園神社から若松住宅までは、車で十分ほどだった。

司馬に若松住宅に向かう旨をメールしていると、目的地に到着した。送信ボタンを押し、タクシーから降りる。

地上十二階建てのマンションは、住人がいない。当然だが明かりが点《つ》いていなかった。敷地の入り口にはアコーディオンフェンスが設置され、周囲も緑色のネットが張り巡らされている。ただ、入ろうと思えば侵入できる程度のバリケードだった。

繁華街エリアではないので、街灯は少ない。それでも、夜空に満月が昇っているため、視界は良好だった。

マンションの周辺を観察していると、ネットが引き裂かれている部分を見つける。劣化によるものではなく、明らかに人為的なもので、人一人通るには十分な大きさだった。

身体をかがめて、くぐって通り抜ける。

敷地内には、折れ曲がった看板が放置されていた。マンションの白い壁は黒ずんでおり、スプレーで落書きがされていた。

パイプ椅子が二脚、無造作に置かれているのが見えた。煙草《タバコ》の吸い殻や空き缶などが転がっていたが、どれも古く、最近人が出入りしていた様子はない。

外れだったか。

暗闇に音もなく建っているマンションを眺めながらそう思ったとき、建物付近に人影が見えた。暗くて顔は分からなかったが、背丈は密航した男と同じくらいだ。

「あの……」

声を掛けようとすると、男は逃げ出した。

「くそっ」

慌てて追う。男が消えていった方向に足を向けると、建物の総合玄関に行き当たる。扉はベニヤ板で塞《ふさ》がれていたのだろう。今は無理やり引き剝がされて、マンション内に入ることができるようになっていた。

足音が響いてくるのが聞こえた。

行方知れずとなった男ではない可能性もある。ただ、不法侵入には違いない。そこまで思ったとき、北森は自分も不法侵入していることに気付く。

一瞬躊躇《ちゅうちょ》したが、建物内に入った。

電灯の明かりがなく暗かったので、スマートフォンのライトを頼りに進む。先ほど、足音は上のほうから聞こえてきていた。

階段で二階に上がる。

共用廊下は外に面しており、月明かりによって視界は確保されていた。人の行き来がないため、床も壁も汚れている。そのため、先ほどの男のものらしい靴跡を辿ることができた。同じ靴跡が、何度も同じルートを行き来しているようだ。

三階に上がる。ここが、もっとも靴跡が多かった。辿っていくと、三〇五号室の前に行き着く。

スラックスのポケットに手を当ててから、ドアノブに手をかけて引く。軋むような音を立てて、扉は難なく開いた。

部屋の中は暗いが、リビングの窓から漏れ入ってくる街の光とスマートフォンのライトがあるので、状況は把握できた。ここに、誰かが潜伏している。

人がいた形跡がある。

「すみません」

迷ったが、声を発する。なるべく敵意がないことを伝えようと意識した。

「誰かいますか」

リビングに至り、そう発した瞬間。ドアの陰から男が飛び出てきた。手に、棒のようなものを持っており、それで殴りかかってくる。

振り下ろされた棒を運良く避けることができた北森は、間合いを取る。

追撃はない。相手も様子を窺っているのかと思ったが、よく見ると男は目の焦点が合っていない。肩で息をしている。かなり衰弱しているようだった。

北森は、男を観察する。密航していた男と酷似していた。年齢は二十代くらいだろう。身体が大きく、頑丈そうな骨格をしている。

唇を舌で濡《ぬ》らす。

大学では中国語の授業を取っており、ある程度の会話は可能だった。また、学生時代に何度も旅行に行っている。過去の知識を振り絞りながら、話しかける。

「私は警察官です。危害を加えるつもりはありません」

北森の中国語が通じたのか、相手の動きが完全に止まった。ただ、手には棒を持ったままなので、いつ襲ってきてもおかしくはない。

北森は続ける。

「あなたと一緒に日本にやってきた二人は、何者かに殺されました。なにかご存じないですか」

そこで初めて気付いたが、目の前の男が、池袋で遺体となって発見された二人を殺した可能性もあるのだ。今にも敵意をよみがえらせ、再び襲ってくるのではないかという恐怖心が芽生えた。

「……お前は、あいつらじゃないのか？」

中国語の返答を、北森はなんとか聞き取ることができた。

「あいつら？」

その問いには答えず、男は警戒心を露わにする。

「あいつらじゃないなら、お前はなんなんだ」

「私は日本の警察官で、殺人事件を捜査する北森と言います。あなたの名前は？」

「……音繰《インチャオ》」

不思議な名前だなと思う。本名か偽名かは分からないが、名前を名乗ったということは、それほど敵意はないということだろうと解釈する。

極度の緊張で乾いた口の中をなんとか湿らせて、言葉を発する。

「私は、密航して殺された二人について捜査しています。あなたがたが東京湾から密航したことは分かっています。それからどうなったのかは分かっていません。二人を殺した犯人を知っていますか」

「あいつらだろう」

インチャオは即答する。

「その、あいつらというのは？」

意識して強調する。

ただ、インチャオは答えなかった。

北森は続ける。

「あなたも狙われているのでしたら、我々警察が保護します。どうか、教えてください」

要望を伝えるが、回答を引き出すことができなかった。ただ、この男は犯人を知っているのだ。

なんとか、聞き出さなければ。

「身の安全は保障します。このまま逃げ続けていても活路はありません。どうか、僕を信じてください」

その言葉を噛みしめるように顎に力を入れたインチャオは、やがて肩の力を抜く。

「たしかに、このまま逃げていても消耗するだけだな……」

インチャオが喋り出したそのとき、不意に、背後から物音が聞こえてきた。

振り返ると、三人の人影があった。

最初、北森が送ったメールを見た司馬たちが来てくれたのかと思った。しかし、シルエットが明らかに違う。

一人は大男だったが、残り二人は細身だった。全員がマスクをつけているものの、男だと分かる。

手には、大型のナイフが握られていた。

理解が追いつかない。

第三者がこの場所にいること自体、想定外のことだった。

インチャオが悲鳴を上げるのと、男たちが襲いかかってくるのは同時だった。

複数の足音が狭い部屋で反響する。

間合いを取るにも、狭い室内では難しい。ナイフを持った暴漢と対峙した際、もっとも有効な手段は逃げることだ。ただ、この状況では、逃げることも叶《かな》わない。

こちらに向かってくると思って身構えていた北森は、異変に気付く。

全員が、北森を見ていなかった。

男たちの狙いは、インチャオ。脳のシナプスが弾けるような気がした。インチャオを追うのは、密航関係者だろう。

明らかに、確保を目的とした動きではない。殺害しようとしている。つまり、口封じに来たのだ。

そう思った北森は、慌ててスラックスのポケットから催涙スプレーを取り出した。アメリカの警察で採用実績のあるエリミネーターというもので、片手で操作できる代物だった。暴力班の班長になってからというもの、危険な場面に出くわすことが多くなった。

このままでは命がいくつあっても足りないと思い、エリミネーターを購入して、常日頃から持ち歩いていたのだ。

インチャオを守るように前に立ち、男たちの顔に向かって吹きかける。男たちが怯んだ隙に、一番近くにいた男を蹴ると、三人が折り重なるように倒れた。北森は、密《ひそ》かにキックボクシングジムに通い始めていた。付け焼き刃だが、それなりに効いているようだ。

「逃げます!」

北森は叫び、インチャオと共に部屋を出た。外に襲撃者がいる可能性もあったので警戒したが、人影はなかった。

共用廊下を走りながら背後を確認する。三人は追ってきていない。エリミネーターのお陰だろう。

一階まで降りたところで、上階から足音が聞こえた。

追ってきている。

慌てて敷地を出ると、ワンボックスカーが停めてあった。襲撃者たちは、この車に乗ってきたのだろう。

一瞬、映画で見るようにタイヤをパンクさせようかとも考えたが、そんなことはできないし、上手くいかないだろうと思い直す。

今は逃げることを優先するべきだ。

大通りまで出ると、ちょうど空車のタクシーが走っていた。手を挙げると、すぐに停車した。急いで乗り込み、運転手に警視庁本部庁舎ビルに行ってほしいと告げた。

タクシーに乗りながら、何度か後方を確認したが、ワンボックスカーは追ってはこなかった。

上手く逃げ切ることができた。北森はほっと息を吐き、額から流れ出る汗を腕で拭った。

時刻は二十三時を回っていた。

暴力班の事務所は無人だったので、インチャオをソファに座らせ、力丸が買い溜めしていたカップラーメンを食べさせる。空腹だったのだろう。すぐに三つ平らげてしまった。その間に、暴力班のメンバーには追っていた中国人を保護していることをグループチャットに書いておいた。小薬からは「すぐに事務所に行く」と返答があったが、ほかのメンバーは既読が付いただけだった。

スマートフォンをポケットにしまい、インチャオに視線を向ける。

「大丈夫ですか」

「ああ。腹が減っていたので、助かった」

声から棘《とげ》がなくなっている。改めて顔を見ると、幼さが残っている。表情は険しいが、肌に艶がある。同年代だろうか。着ている服は、東京湾の防犯カメラに映っていたものとは別だった。

「事情を聞かせてください」

北森の問いに、ペットボトルのお茶を飲んだインチャオは頷いた。

「俺たち三人は、祖国……中国で死刑判決を受けた死刑囚だ」

「……死刑」

北森が警戒したのを見たインチャオは、自嘲気味に笑う。

「なに、人を殺したわけじゃない。危害国家安全罪だ。反乱とかを企てたってことで軍部に捕まったんだ。俺はただ、不正を訴えただけなのに……」

力強く両手を組んで悔しそうな表情を浮かべながら続ける。

「中国の死刑判決は二種類あって、即時執行判決と、緩期二年執行判決がある。即時執行判決の場合は七日以内に刑が執行されるが、俺は緩期だったから、二年の猶予があった。その後、死刑執行もしくは無期徒刑か有期徒刑になるんだ」

「どうして、死刑囚が密航を？」

その問いに、インチャオは肩をすくめた。

「刑の確定まではあと一年ほどあったんだが、服役中に急に呼び出されてな。日本に行くなら刑の執行を停止するって言われたんだ」

「……どうして」

　インチャオは顔を歪める。

「売春組織が日本でいろいろとやっているってことで、それでスカウトされた。俺が選ばれた理由も、なにをすることになっていたかも知らない。でも、刑に服すよりはマシだと思った。どちらにしても明るい未来ではないが、徒刑のままでいるほうが未来は暗そうだったからな」

　インチャオは淡々と告げる。

　殺された女性は思涵《スーハン》、男性は劉帆《リユウファン》という名前だったらしい。二人も同様に死刑囚で、インチャオと同じようにオファーを受けて日本行きを決めたという。日本でなにをするかはやはり聞かされていなかったらしい。

「でも、死刑判決を受けたんですよね？　そう簡単に刑務所を出られるんですか」

「上有政策《シャンヨウジアンツー》、下有対策《シアヨウドウイツー》」

　インチャオは言う。

　――上に政策があれば、下に対策がある。

「国が規定しても、抜け道はある。俺たちは言いがかりみたいな罪状で人民解放軍によって投獄された。軍の力は絶大で、ルールを変えることだってできる」

「そのルールを変えてまで、どうして三人もの死刑囚を日本に？」

「そんなことは知らない。利用価値があった。ただそれだけだろ」

ふて腐れたように言ったインチャオは、顔を歪める。

「まぁ、俺は信条として売春組織に使われるなんて嫌だったから、隙を見て途中で逃げ出して、逃亡生活をしていたんだ。案の定、あの二人は殺された。もともと、妙な話だったからな」

たしかに、妙な話だ。

「その売春組織について、なにか知っていることはありますか」

「なにも知らされていない。まぁ、普通の組織じゃないだろうな……それはそうと、煙草は持っていないのか？　吸いたくて堪《たま》らない」

そう言ったインチャオは、喉のあたりを手で擦った。

「……いえ、僕は持っていません。それに、この建物は禁煙なので」

「それなら、缶コーヒーが飲みたい。あるんだろ、日本にも」

「あ……ええ。もちろん」

「冷たくて、甘くないやつが欲しい」

「分かりました」

立ち上がった北森は部屋を出た。

外に人影はなかった。

暴力班の部屋は、もともと使用されなくなった什器を保管する倉庫だった。そのため、この場所に用事がない限り、人が来ることはない。廊下を歩く。暴力班の部屋は北側にあり、自動販売機は南側にあった。

歩を進めながら、北森は考える。インチャオの言葉に嘘がなければ、何者かが中国で死刑判決を受けた囚人を釈放し、日本に密航させていることになる。その目的は、売春組織への斡旋。どのような仕事をさせられるのか分からないが、わざわざ中国の死刑囚をリクルートする理由が分からない。リスクも大きいし、密航費用も嵩《かさ》む。

いったい、なにをさせようとしていたのだろうか。どんな組織が、こんな面倒なことをするのか。メリットが分からない。

インチャオが組織に関する情報を覚えているかもしれないので、これから糸口を探っていこうと思いつつ、自動販売機でブラックコーヒーを買う。

そのとき、インチャオを一人きりにしてしまったことに気付く。警視庁本部庁舎だからと油断していたが、インチャオは追われている身だ。目を離していい対象ではない。

缶の冷たさを掌に感じながら暴力班の部屋に走って戻る。

インチャオはすでに姿を消していた。

5

第六機動隊が詰める庁舎は、品川区勝島にある。臨海部での不審船や不審人物などの早期発見と、犯罪を未然に防いで検挙するため、東京湾近くに建つ庁舎を拠点としているが、大規模イベント時の政府要人などの警備警護も担っていた。

六機の第一小隊長の野本は、ブラックの缶コーヒーを飲みながら、取調室の様子を見ている。

インチャオという名前の男が座り、六機の隊員である芹沢《せりざわ》と竜田《たつた》が出入り口側に陣取っている。会話をしているのは中国語に精通した警察通訳人だ。

芹沢と竜田が警視庁本部庁舎で捜査一課との打ち合わせを終えたタイミングで、暴力班の班長である北森が男を連れて本部庁舎に入っていくところを目撃した。芹沢は、その男を見て、すぐに捜している密航者だと気付いた。一報を受けた野本は、密航者の男を奪い取れと命令し、男が一人で本部庁舎から出てきたところを芹沢と竜田で確保、警察車両で勝島まで移送したのだ。

首尾良く事が運び、野本は満足した。

——暴力班の邪魔をして、あわよくば不祥事を起こさせること。

警察上層部から言われた言葉を、頭の中で繰り返す。六機が捜査本部に組み込まれた理由であり、最大の目的。それを図らずも実行することができた。

六機の第一小隊は二十人で構成されており、野本を含む四名が選抜されて捜査に加わっていた。警察上層部は、暴力班——とくに北森を追い出したがっている。ただ、北森の父親が政府重鎮である限り、不祥事という形でしか追い出すことができないという話だった。

今回六機は、暴力班のミスを誘い、追い詰めるための出汁に使われている。癪《しゃく》だったが、それでも良いと納得していた。

「……関屋庸介をこの組織から追い出せるなら、なんでもする」

低い声を発し、コーヒー缶を握りしめる。

関屋が六機に所属していた頃に、一人の機動隊員が辞職し、直後に自殺した。その隊員は村上《むらかみ》という名前で、軟弱なのに自分を過信するタイプだった。見ているだけで人を苛つかせる男だった。そのため、野本は集中的に鍛えたのだ。隊の規律を乱す村上を間引くつもりだった。

身体的にはもちろん、精神的にも追い詰めた。警察を去るまで揺さぶった。周囲の隊員も同調し、加担した。子供じみた嫌がらせから、犯罪行為すれすれのものまで、さまざまな方法で窮追《きゅうつい》した。

一丸となって追い立てたが、唯一、そういった仕打ちに反発したのが関屋だった。最初は表立って庇うようなことはせず、自然と野本の注意を逸らしたり、隊員たちを牽制《けんせい》したりした。そういった動きに気付いた野本は激高した。そして村上だけではなく、関屋もろとも追い出そうとしたが、それが上手くいかなかった。関屋の精神は鋼のようで、いくらしごいても動じなかった。そのため、余計に矛先が村上に向かっていった。屈辱を与え、絶望に浸した。殴る蹴るは当たり前になっていった。

——関屋を頼るだけのホモ野郎。

思いつく限りの罵声《ばせい》を浴びせ、一挙手一投足、すべての行動を叱責して精神的に追い詰めた。あえて関屋の名前を出したのは、二人を遠ざけるつもりだったからだ。関屋に気付かれないように村上をいたぶるなど造作もないことだった。結果、村上は関屋と距離を置き始め、ますます孤立を深めていった。

最終的に、村上は署内で自殺未遂をした。個室トイレで首を括ろうとしたのだ。一命を取り留めたが、依願退職をすることになった。そして、退職後、自殺した。組織を去ってから死んだので、野本たちに厄災が降りかかってくることはなかった。

上手く追い払うことができて満足だったが、一連のことを知った関屋が唐突に、野本を殴ったのだ。

その一撃で、野本は失神した。目を覚ましたときには病室のベッドの上だった。そのときの怒りは、今も忘れることができなかった。

六機の中で、一撃で気を失った男だと思われているのは間違いなかった。

恥をかかせやがったのだ。

今回は、その恨みを晴らすつもりだった。

暴力班を追い詰める役が回ってきたのは、野本と関屋の関係を知ってのことだろう。だからこそ、野本は手加減するつもりはなかった。機会があれば、ぶちのめすつもりだ。

野本は缶コーヒーを空にして、ゆっくりと息を吐く。

取調室にいるインチャオは、所在なげに視線を彷徨わせていた。

警察通訳人が聞き取った情報によると、インチャオは政治犯として緩期二年執行判決という猶予期間のある死刑囚だったが、スカウトされて日本に密航してきたという。日本の売春組織が受け入れてくれるとしか聞かされず、それ以上の情報は知らされていなかった。インチャオはこの話に乗ったものの、日本に到着したら逃亡しようと最初から考えていたようだ。そして、殺された二人を置いて逃げ出したという。当然、二人を殺した犯人も知らないということだった。

不発だったか。そう思っていたとき、東京湾からの移動手段である冷凍車を運転する男が、タナダに行く、と言っていたのをインチャオが聞いたと語った。

タナダ。

インターネットで検索すると、タナダ――棚田は、傾斜地にある稲作地とある。

「地名」というワードを加えて再検索する。

全国に棚田という地名は六カ所ある。一番近いところは埼玉県だった。埼玉県行田市《ぎょうだし》棚田町。地図検索をしてみる。北陸・上越新幹線の線路が通っており、航空写真を見る限り住宅街のようだ。ここに、インチャオたちを密航させた組織が潜伏しているのだろうか。

棚田ではないのか。

タナダとは、いったいなにを指しているのか。それが分かれば、犯人に繋がる可能性は高い。SSBCに確認してみよう。

そう思いつつ、野本は虚空に視線を向ける。

正直なところ、事件解決はどうでもよかった。捜査本部に組み込まれた目的は、暴力班を潰すこと。そのための機会を窺う必要がある。

part2 Accelerate ―アクセラレート

1

歌野は警察のことを記事にするのが好きだった。父が長野県警の警察官だったのも関係しているだろう。地域課の警察官だったが、父がよく見ていた警察ドラマの影響から、刑事というものに憧れを抱くようになった。

結局、警察官にはならなかったが、記者として警察のことを書く機会に恵まれた。おだてて持ち上げるような提灯《ちようちん》記事ではない。不祥事があれば糾弾《きゆうだん》し、問題提起し、責任を取らせる。これも、父の存在が大きい。父は警察組織の裏金作りのことを告発し、その後、脳梗塞《のうこうそく》で他界した。

週刊東洋は弱小メディアだったが、記者の役割は権力の監視だと思っていた。もちろん、警察の記事ばかり書いているわけではない。

面白そうなものには首を突っ込む。それが歌野の信条だった。

胃のあたりに手を当てた歌野は、げっぷを堪える。

昼ご飯は、棚田でピザを作った。材料は、オープンライトの幹部である桐ヶ谷が買ってきたものだった。幹部が住んでいる家の近くに小さな竈《かまど》があり、それを使ってピザを焼いた。生地をこねるのも、自分でトッピングをするのも初めての経験だった。出来映えは良くなかったが、和気あいあいと食べる食事は美味《おい》しかった。

現在、この棚田にいる信者は三十五人ほどに増えていた。幹部の三人のほかは、オープンライトの信者だった。ただ、信者と表現していいのか分からないほど、この宗教団体は緩い。教義もなく、規律といえば、ある程度の規則正しい生活を送ることくらいだった。

歌野は記者であることを伏せていたが、不自然にならない範囲で信者に話を聞くようにしていた。もっとも古参である石井《いしい》という男は三十五歳で、ここに二ヶ月ほどいるらしい。

桐ヶ谷から聞いた話によると、棚田の役割は、俗世の汚れを落としてから次のステップに移行するための逗留所《とうりゅうじょ》ということだった。

棚田には長くても二ヶ月から三ヶ月ほど留まるという。

それは、オープンライト側にとってちょうど良い期間だそうだ。なにがちょうど良いのか分からないが、それは信者側も同じ気持ちだろう。

この環境にずっといるのは飽きる。

スマートフォンを没収される上、ここには娯楽がほとんどない。テレビゲーム機などはあるものの、ずっとやっているわけにはいかない。

ただ、綾佳のように、誰かから逃げなければならない立場の場合、ここは身を隠せて好都合だという。三ヶ月では足りない人もいるだろう。

もっと長く棚田に留まることはできないのか。

その問いを桐ヶ谷に投げると、棚田とは別の場所を用意していると答えた。オープンライトは、やけに信者に手厚いなと思う。

歌野の瞼《まぶた》が重くなる。

このまま部屋にいたら眠ってしまいそうだったので、散歩に出ようと思い、立ち上がった。僅かに鼾《いびき》が聞こえるほうを見ると、綾佳が二段ベッドの上段で昼寝をしていた。歌野が棚田にやってきたときは部屋を一人で使えていたのだが、一時的に信者が増えたため部屋替えがあり、綾佳が同室になった。

エアコンの効いた部屋から出る。廊下は蒸し暑かった。軋む床を裸足《はだし》で進み、階段を降りる。二階建ての、年季の入った一戸建ては相応に傷んでいた。それでも、清潔感はあった。オープンライトの信者たちが綺麗に掃除をしているからだろう。暇を持て余した信者にとって、掃除は時間潰しに最適だった。

玄関の三和土《たたき》にある靴を裸足のまま履いて外に出る。

オープンライトの信者になるのは難しくなかった。情報提供をしてくれた新聞記者の佐伯がオープンライトのホームページを知っており、歌野はそこから接触を試みた。簡易な作りのホームページの問い合わせフォームに氏名と連絡先を記載して入信希望である旨を伝えたところ、一週間後に返事があり、新宿区にある雑居ビルで説明を聞くことになった。

小さなオフィスには事務机が四つ並び、壁際には段ボール箱が積み上げられている。雑然としており、宗教団体の事務所だと思わせるものは一切なかった。

入信の説明ということだったので、希望者が複数人いるのかと思っていたが、実際には歌野一人だけだった。

オープンライトの幹部だという男が簡単な入信説明をしたが、むしろ歌野に対しての質問にほとんどの時間を費やした。

オープンライトを知った経緯や入信の理由については、事前に準備していたことを話した。自然派の食事に傾倒しており、情報を調べていく内にオープンライトに行き着き、話を聞きたくなったと伝えたところ、それ以上追及されることはなかった。

職業も聞かれたので、以前は接客業をしていたが、今は無職だと伝えた。歌野は記事を書いても名前を出す記者ではないため、よほど調べられない限りはバレないだろうと踏んでいた。

これについても、男は深く追及するようなことはしなかった。

それよりも、家族構成などについての質問がしつこい印象だった。どの程度仲が良いのか。連絡は頻繁に取っているかなど、詳しく聞いてきた。関係は希薄だと伝えると、男は納得したようだった。

オープンライトに入信した場合、まずはAコースとBコースに分かれるという。

Aコースでは、棚田と呼ばれるエリアでしばらく共同生活をすることになる。その際には外部と連絡を取ることができなくなるので、家族構成を執拗《しつよう》に聞いてきたのだろう。どのくらいの期間かと訊ねると、人によって長短はあるものの、二ヶ月から三ヶ月前後だといい、途中でAコースを止めることもできるらしいという説明だった。

二ヶ月から三ヶ月ほど。

社会人や学生には無理な期間だったが、そもそも未成年は入信が認められていない上、Aコースも強要するものではないという。Aコースは、大体において定職を持たず、俗世を離れても問題ない人が選択するらしい。後で知ったことだが、信者の中には身を隠したいと思う人が一定数おり、そういった人がAコースに応募するらしい。棚田は世間から隔絶された場所にあるので、格好の隠れ場所だという。

Bコースは棚田には行かず、日常生活に身を置きながら信者になる。在家修行のようなものだと説明された。

ただ、どちらのコースを選択しても、血液採取は必須だった。現在の身体の状態を調べるために必要だという。

オープンライトの目的は、身体の浄化。Aコースが目標達成の近道だということだが、Bコースでも問題ないということだった。Bコースを選んだ場合は、必要に応じて棚田に呼ばれ、数日間の修行をする。それが終われば帰って良いということだったが、棚田にいる間はAコースを選択した信者同様に、外界から隔絶された生活を送ることになる。

オープンライトの言う目標達成——それはいったいどういった状態なのかと歌野は聞いたが、そこらへんは曖昧で、心身の健康を維持することを最終目的としていると男は言った。

説明後、オープンライトに入信すると返事をした歌野は、Aコースを選択し、現在、棚田での生活を続けている。

佐伯の情報どおり、今のところお布施の要求や、不当労働を強要される気配はなく、住居は無償提供され、日々の生活費もかからなかった。

歌野は、勾配のきつい坂をゆっくりと下りる。

オープンライトが棚田と呼んでいる場所は、東京都奥多摩町棚澤にあった。二〇一〇年代に廃村になった場所だ。山の中なので不便で、当然だが食料品などの店舗は一軒もない。棚田に至るには、二つのルートがあり、一つは途中からは車で登ることのできない険しい道で、もう一方は軽自動車がぎりぎり通ることができる。前者のルートで登ろうとすると、山道のように険しい道を徒歩で進まなければならない。歩いて到着するのは困難で、オープンライトの幹部は、後者の、舗装されているとは言い難い凸凹道のルートを軽自動車で行き来している。歌野も、軽自動車に乗せられてここまで来て、初めて場所を明かされた。

ポケットに手を入れて、スマートフォンを探すが、すぐに止める。通信機器は幹部に没収されている。それは知っているが、ついスマートフォンを探してしまう。長年の癖が抜けない。

棚田で生活する上で、オープンライトの女性幹部である朝川に手荷物検査だけでなく、文字通り身体の隅々までチェックされた。

スマートフォンだけではなく、ノートパソコンも没収されていた。

潜入取材をする上で通信機器がないのは痛手だったが、現在も掛けている眼鏡型の小型カメラは見つからなかった。オンオフも容易なので、オープンライトの幹部と話をするときには使用している。

棚田周辺には、天を衝《つ》くような杉林があり、住居エリアを周囲から覆い隠していた。

世間から隔絶されており、まるで廃村の撮影セットのような空間で、ここに人が住んでいたことが信じられなかった。

ただ、生活の名残もあった。

歌野たち信者が寝起きしている家は棚田の上のほうに位置しており、オープンライトが改修して居住できるようにしたらしい。ただ、一段下がった場所には放置されて人の手が加えられていない家々が連なっている。それらは朽ち果てており、崩れて原形を留めていないものもあった。元々は家の屋根に使われていたであろう錆《さ》びたトタンが地面に散乱しており、割れた食器も散見された。

棚田で住宅が密集しているエリアはこの二カ所だけのようだが、それ以外の場所にも生活の痕跡が残っている。

一升瓶やプラスチック製の玩具、長靴や洗面器などが落ちている。どれも泥にまみれていた。こんな場所まで不法投棄をしにくる人はいないだろう。おそらく、かつて棚田に住んでいた住民のものと思われた。

また、木造の小さな祠《ほこら》もあった。風雨に晒され、赤く塗ってあったであろうペンキは剝げ、残っている箇所も茶色く変色している。しめ縄も切れており、そもそもご神体も仏像もなかった。祠の屋根には枯れ葉が積もり、虫の死骸も複数あった。祠の後方には、卒塔婆《そとば》のような平べったい木の板が複数立っていた。板は朽ち果てて黒ずみ、折れたり、地面から抜けて倒れたりしていた。なにか書かれていたのかもしれないが、経年によって窺い知ることはできない。板が刺さっている地面の土は、ほかの場所よりも盛り上がっているように見える。かつてここに住んでいた住民の墓地なのだろうか。

不意に、疾風が耳元を横切ったような気がして、首をすくめる。

数秒置いて、風の音ではなく、何者かの呼吸のような気がしてくる。無風なのに、ざわめくような音が聞こえる。薄気味悪かった。

木の板に目を向ける。今は廃村となった場所で生まれ、生活し、死んでいった者もいるのだろう。

鳥の、間延びしたような鳴き声が頭上から聞こえてきた。視線を鳴き声の方向に向けても、鳥の姿は確認できなかった。

不気味な雰囲気に怖気《おぞけ》を感じつつ、石材で作られた貯水槽のような溜め池を避けて、道なき道を進む。

少し歩いただけで息が上がる。

ここに車で連れてこられるときに聞いたが、棚田は標高六百メートルの場所にあるらしい。平地よりも空気が薄いのかもしれない。

周囲を見回す。

杉林が林立しているせいで視界が悪い。それに、僅かに靄《もや》がかかっている。棚田から自力で脱出するつもりはなかったが、万が一ということもあるので、下山ルートを意識していた。ただ、地図もないので無闇に下山したら迷ってしまうだろう。だからといって、唯一といっていい車道を進めば幹部に発見される恐れもある。

念のため、もう少し探索を続けるべきだろうと思っていると、鈴の音が聞こえてくる。方々に視線を向けるが、音が反響し、どの方角から聞こえてくるのか分からなかった。

やがて、杉の木々の間から男の姿が見えた。

オープンライトの幹部である志木だった。

心臓が跳ね上がった。肩にライフル銃を掛けている。どうして、ライフル銃を持っているのか。

「ここでなにをしている」

近づいてきた志木が問う。

歌野は、平静を装いつつ散歩だと告げる。居住エリアからそれほど遠くに行ってはいないので、不自然な回答ではないだろう。

志木の肌は茶色い鞣《なめ》しのようにテカテカとしており、顎鬚《あごひげ》を生やし、常に険しい表情を浮かべている。威圧的で、年齢が高く感じられるが、声は若い。

疑念の眼差しを向けられている間、歌野は生きた心地がしなかった。志木は体格が良く、人を圧倒するような雰囲気を持ち合わせている。どこか、暴力班の司馬に似ていた。

周囲に人の姿はない。ここで殺されたら、誰にも発見されずに朽ちていくだろうと容易に想像できた。

志木は歌野の全身に目をやり、ふっと力を抜いたようだった。

「熊と遭遇する可能性があるから、あまり遠くに行かないように」

ぶっきらぼうな口調だったが、怒っているようには見えなかった。荷物を持っていないことから、散歩だと判断されたのだろう。

「……熊、ですか」

熊避けのための鈴なのかと納得しつつ、疑問を口にする。

「ここ、一応東京都ですよね？　東京都に熊なんて……」

言いながら、市街地に恒常的に現れる通称アーバンベアと呼ばれる熊の被害があるというニュースを思い出した。東京都といっても、ここは山深い場所だ。熊が出没してもおかしくない。

「ここら辺ではツキノワグマが出るし、下のほうでは人にも被害が出ている」

下のほう——奥多摩の街のことを言っているのだろう。

「ヒグマに比べたら小型だが、それでも人を屠《ほふ》る力は十分にある」

ヒグマは北海道にしか生息していない。志木は、北海道出身なのかもしれない。

「……それで、そんなものを持って警戒しているんですか。ライフル銃ですよね」

歌野の指摘に、志木は僅かに目を見開く。

「熊と対峙するときには、ライフル銃が一番良い」

志木の説明では、ライフル銃は鉄砲の内側にライフリングと呼ばれる螺旋《らせん》の溝が刻まれており、それによって銃弾は激しく回転するらしく、そのジャイロ効果で弾軸が安定し、より長い射程距離での命中率が増すという。

「頭部を狙って撃つんですか」

歌野の疑問に、志木は首を横に振った。

「前脚の付け根を撃てば、心臓を貫ける。それか首だが、対峙すると狙えないからな。頭は駄目だ。熊の頭部の骨は犬の頭くらいしかなくて被弾しにくいし、弾は中に入っていかない。堅い頭骨に弾かれるか、外側の肉を削ぐだけだ。致命傷にはならない」

淀《よど》みのない説明だった。

「詳しいですね……猟師なんですか」

その問いに、一瞬だけ間が生まれる。

「昔から、よく親に連れられて山に入っていたからな。ただ、熊狩りはほとんどしていない。こっちはツキノワグマだが、俺のところはヒグマだからな。ほかの動物と違って、下手に撃てば殺される。ヒグマは、無闇に戦う相手じゃない」

淡々と、事実だけを告げるような調子だった。

背後から草を掻き分けるような物音がした気がして慌てて振り返るが、とくに異変はなかった。

志木に視線を戻し、ライフル銃を見る。

「つまり、志木さんのここでの役目は、信者を熊から守ることなんですか」

「……そんなところだ」

返答した志木は、視線を逸らす。感情を表に出さないので、今の言葉の真実性は判断できなかった。

もしかしたら、信者が逃げないように見張っているのかもしれない。そのような考えが頭に浮かぶものの、すぐに掻き消す。この環境に飽きることはあるが、逃げ出すほどではない。

立っている志木が重心を変えると、熊避けの鈴の音が鳴る。

山を覆う霧が濃くなってきたので、志木と共に居住エリアに戻ることにした。

ゴツゴツとした山肌を登るのは容易ではない。汗を垂れ流しながらようやく居住エリアに着くと、志木は再び杉林の中に戻っていった。

その後ろ姿を見送った歌野は、当てもなく歩き出す。このまま、日々を無為に過ごすのは本意ではない。ただ、棚田を歩き回ったところでオープンライトの全容を摑めるわけではない。なにかしら、突破口となるものはないだろうか。

時刻は十四時。この暑い時間帯に出歩いている信者はいなかった。

ふと立ち止まり、医院として使われている建物を見上げた。白い箱のような構造をしており、ほかの住居とは違って洒落《しやれ》た造りの建物だった。

棚田の規模からしても、やけに大きな構造物だ。かつての住民が大病を患った際の入院施設もあったのかもしれない。

ここには、幹部である朝川がいる。そして、信者たちの体調管理をしていた。一昨日、綾佳が腹痛を訴えたため医院に運ばれ、診察の末、薬を処方されていた。原因は食べ過ぎだったらしく、今ではけろりとしている。診察料も当然のように無料だった。オープンライトのあまりにも手厚い体制に舌を巻いたが、タダほど恐ろしいものはない。

絶対におかしい。なにかがあるはずだ。

明確な根拠があるわけではないが、オープンライトの話を聞いたとき、臭ったのだ。この組織は普通ではない。

なにか不正を働いているのならば、それは明らかにされるべきだし、記者というものは監視と糾弾を遂行する立場にあると歌野は考えていた。

これは、記者の使命であり、業《ごう》だ。

そう思いつつ医院の外観を眺めていると、中から朝川が出てきた。唯一の女性幹部である朝川は、紺色のTシャツにチノパンという出で立《いた》ちだった。

目が合う。

「どうされました？」

人当たりの良い、柔らかな声だった。髪を後ろで一つにまとめており、清潔な印象。化粧はほとんどしていないようだったが、肌に張りがある。三十代の前半だろうと推察できた。背が高く、顔はキツネ顔で、目尻が上がっている。気が強そうだったが、信者たちへの接し方は丁寧だった。

「あの、ちょっと、目眩《めまい》がして」

咄嗟《とっさ》に嘘を吐いた歌野は、身体をふらつかせる。わざとらしいかとも思ったが、ずいぶんと歩いてきて顔は火照《ほて》っているはずなので、信憑性《しんぴょうせい》はあるだろう。

歌野の言葉を聞いた朝川は、腕時計を確認し、指を折ってなにかを計算した後、笑みを浮かべる。

「熱中症かもしれない」

そう告げた朝川は、医院に招き入れた。

一目で、清潔と分かる空間だった。白を基調とした内装。消毒液のような匂いがするが、不快ではなかった。

ただ、空調が効きすぎていて寒気がする。まるで冷蔵庫の中に入ったようだった。かつて待合室として使われていたであろう空間には、傷んではいないが古いソファが二つ置いてある。ポスターの類いもないし、置物や観葉植物も見られない。さっぱりとしていて、味気ない空間だった。

待合室を通り過ぎ、診察室に向かう。机と椅子が二脚、そして診察台が一つある。どこにでもあるような診察室だった。ここも、純白と言っていい白さを保っている。汚れがない。清潔感を至上目的としているようで、いささか過剰とも映った。

棚田に来てから、歌野は何度かここに入ったことがあった。

最初にこの場所で、血を抜かれたのだ。

診察室の奥へと続くカーテンが開けられる。そこには、一台のベッドが置いてあった。

「横になって」

朝川が言い、歌野は従う。

熱を測られ、首元に手を当てられる。死人のように冷たい手だった。

「気持ち悪いとか、そういった症状はない？」

言いながら、保冷剤を薄いタオルで巻いて、歌野の首と脇に当てた。院内が冷え切っているため、保冷剤の冷たさが不快だった。

「……大丈夫です」

もぞもぞと身体を動かし、保冷剤との接触面を減らす。

「これ、一応飲んでね」

経口補水液を渡された歌野は上体を起こしてから、ペットボトルに口をつける。冷やされていなかったので、半分ほど飲むことができた。

「あの、ちょっと質問しても良いですか」

「なに？」

「オープンライトって、宗教団体ですよね？」

なるべく世間話をするような調子で訊ねる。長年記者をしていると、日常会話でも取材するような調子になってしまうときがあった。

「急にどうして？」

「えっと、ちょっと気になっただけです」

その答えを受けた朝川は、視線を天井に向けてから、すぐに戻す。

「そうね。オープンライトは自然派コミュニティーといってもいいけど、一応は宗教団体という位置付け」

「オープンライトの教義は、自然の中で健康に気を遣って生活することって聞きました」

「Aコースの人はね。Bコースの人は棚田での生活はしていないけど、身体の健康を維持してもらうよう定期的に連絡を取ってる」

椅子に座っている朝川が脚を組む。長さが際立つ。

オープンライトは、どのくらいの規模の組織なのか、皆目見当がつかなかった。

幹部は、ここにいる三人だけではない。現に、初めてオープンライトの話を聞きに新宿の雑居ビルに行ったときは、別の男が対応していた。あくまで、Aコースの担当が三人だけということなのだろう。もしかしたら、Aコース担当のメンバーも定期的に入れ替わるのかもしれない。

「教祖みたいな人はいないんですか?」

歌野は問う。

普通、宗教団体には崇《あが》める対象や、導く人物がトップに君臨する。それなのに、オープンライトにはそういったことが一切見られない。信者になった今も、全貌を摑むことができなかった。

「そうね。教祖はいないし、そういったトップダウンの組織じゃないからね」

「でも、宗教法人だったら、なにかしらの命令系統は必要なんじゃ……」

やや記者の口調になってしまって後悔したが、朝川はとくに気にしていない様子だった。

「もちろん、指示系統はあるようだけど、私のような現場の人間には関係ないかな。まぁ、幹部にそれぞれ役割が与えられていて、それぞれがそれぞれの仕事をするだけ」

「オープンライトの目的である、信者の健康維持のためにですか」

懐疑的な調子を感じ取ったのだろう。朝川は無言で芯のある視線を向けてきた。

慌てた歌野は、弁解するために口を開く。

「ど、どうあれ、私たち信者は助かっていますけどね。自然の中で、ストレスなく生活できるなんて夢のようです」

その言葉に、朝川は笑みを浮かべる。

「健康になって悪いことはないからね」

たしかに、そのとおりだ。

歌野は、保冷剤の冷たさに耐えられなくなり、起き上がる。

「しかも、生活する上でお金がかからない。ここの維持費というか、原資はどこからきているんですか」

素朴な疑問といった体で訊ねる。

「奇特な人がいてね。お金はそこから出ているみたいよ」

答えているようで、答えになっていなかった。追及したいが、聞いたところで教えてはくれないだろう。

別のアプローチを模索すべきだ。

舌で、唇を湿らせる。

「先生は、ここにいる信者を健康にするために、ここにいらっしゃるんですよね？」

「ずっとじゃないけどね。定期的に下山しているし」

「でも、一人で大変じゃないですか？」

朝川が棚田にいるときは、信者全員の健康状態を確認する。問診も丁寧で、なにか調子が悪いときは薬を処方される。この費用も請求されることはない。

「全然、大変じゃない」

朝川は笑う。

「ここの信者は多くても四十人くらいしかいないし、少ないときは五人とか。一応、桐ヶ谷くんが看護師の資格を持っているし、志木くんも救急救命士だったことがあるから」

意外だった。桐ヶ谷も志木も医療関係者ということか。

「すごく手厚い体制ですね」

「まぁ、オープンライトの目的が、人を健康にすることだからね」

「どうして、それが教義になったんですか」

「どうして？　だってみんな、健康になりたいでしょ？」

言われてしまえばそれまでだ。

朝川は棚の前に立ち、クリアファイルを抜き取る。ファイルに貼られたシールには、歌野の名前が印字されていた。

「健康っていうのは、一度損なって初めて、そのありがたみが分かるの。身体が資本っていうのは、本当にそのとおりで、実はお金よりも全然大切。人って馬鹿だから、それに気付くのは健康を失ったとき。だから、私たちがいるの」

淡々とだが、その言葉には実感がこもっているように聞こえた。

「もう大丈夫そう？」

時計を確認した朝川が問う。頷いた歌野は立ち上がった。

「これ、もらっていいですか」

手に持っている経口補水液を僅かに掲げる。

「もちろん。また、なにかあったら来て」

ファイルを棚に戻した朝川が言う。

軽く会釈をした歌野は、お礼を言ってから医院を後にした。

十歩ほど歩いて医院を振り返ると、朝川がこちらを見つめていた。

ぞくりと、全身が震える。

朝川の目は冷たく、実験動物を見るような視線だった。

本当に医師なのかと疑ってしまうような眼差しだった。歌野は慌てて視線を外し、背を向けて歩く。足が震え、地面の小さな起伏で転びそうになった。

朝川が医師かどうかを確かめる術《すべ》は、今のところない。もし医師だとして、どうしてオープンライトの幹部として働いているのか。その目的はなんなのだろうか。信者の健康を観察するためだけの役割とは、どうしても思えなかった。

疑問は尽きない。いずれ、明らかにしてやると決意する。

医院から距離を十分に取った歌野は顔をしかめ、空を見上げた。

外は相変わらず暑かったが、空に雲が出てきたため、日差しが和らいでいた。それだけで動きやすくなる。

背後を振り返る勇気はなかった。あの凍ったような瞳と目を合わせたくない。

舗装されていない地面を踏みしめながら、朝川との会話を思い出す。

オープンライトの核心に迫るような情報はなかったが、棚田にいる幹部全員が医療関係者だというのは新情報だった。

ただ、当然と言えば当然なのかもしれない。

信者の健康管理をするためには、医療関係者がいたほうが良い。

それでも、疑問はある。

オープンライトは、どうしてここまでするのだろうか。健康な生活と環境を提供するだけではなく、医療というサポート体制も整えている。

信者たちには隠された教義のためなのか、それとも、もっと別の理由が潜んでいるのか。

寝泊まりしている家が見えてきたところで、歌野は立ち止まった。

二つの人影があった。綾佳と、幹部の桐ヶ谷だ。すぐに相手に触れられるような距離感で、立ち話をしている。まるで、逢《あ》い引きしているように見える。

二人は歌野の存在に気付くと、桐ヶ谷が一歩後ろに下がり、なにか一言声をかけてから去っていく。

綾佳は、喜びを堪えるような表情を浮かべている。

「どうしたの？」

歌野が声をかけると、綾佳は相好《そうごう》を崩す。

「ちょっと良いですか」

きょろきょろと辺りを見ながら言い、部屋に連れていかれる。

扉を閉めた綾佳は、警戒するように声を潜める。

「内緒なんですけど、私、Aコースが終わりなんです。それで、今夜から別の場所に移動するって。これ、本当は言っちゃいけないんですけど、歌野さんにはお世話になったので」

嬉しそうに言う綾佳は、子供のように身体を揺すり、全身で喜びを表現している。

綾佳は、歌野よりも後に棚田に来ている。それに、まだ一週間ほどしか経っていない。どうして、こんなに早く終わるのだろうか。歌野はその疑問を口にしようとしたが、綾佳が先に喋り出す。

「それで、さっき桐ヶ谷さんに、幹部にならないかって誘われたんです」

「幹部って、オープンライトの？」

綾佳は頷く。

引き抜きということかと思いつつ、疑問が生じる。生活する上で、差が生じるようなことはなかったはずだ。プログラムのようなものもなく、テストもない。なにが基準で、Aコースが終了と判断されたのだろうか。しかも、幹部に誘われたというのも釈然としなかった。

「よかったじゃん！」

笑みを繕った歌野は、声のトーンを一段階上げた。

「なにか、特別なことをやったとか？」

「全然ないです。私にもさっぱりです」

言いながら、頰を搔く。

「でも私、人に褒められたり、役に立ったりしたことなかったから。親からも期待されていなかったし、むしろ失望されて無視されて。親から無視されるってヤバくないですか？　でも、そんな環境が当たり前だと思っていたし。自分の人生にこれっぽっちも期待なんかしていなかったし。だから、必要とされるのが本当に嬉しくて」

承認欲求が満たされたのか、今まで見たことのない表情を浮かべていた。

綾佳の過去についてはほとんど聞いていなかったが、機能不全の家庭環境に置かれていたのだろう。

「すぐに棚田を出るの？」

その問に、大きく頷く。

「今夜、医院に行って検査をして、それから棚田とは別の場所に移動するって言われました」

「そうなんだ。おめでとう！」

歌野は言いながら、内心で、これはチャンスだと思う。

今夜、医院に忍び込もうと決めた。

なにか摑めるかもしれない。

歌野は漫画を流し読みしつつ時間を過ごし、夜を待った。

二十時。

荷物をまとめた綾佳は、ルイ・ヴィトンのショルダーバッグを肩にかけ、三十分ほど前に家を出て行った。綾佳は、歌野のほかには挨拶をしていなかった。棚田から出るのは、ほかの信者に知らせてはならない決まりだったので、お別れ会のようなものも当然なかった。

このまま姿を消してしまっても、残った信者たちはとくに気にも留めないだろう。もともと、綾佳の滞在は短期間だったので、その程度の関係性しか築けていないし、オープンライトの信者にとってここは通過点なのだ。

――いろいろとありがとうございます。オープンライトにいれば、多分、またどこかで会えますので。お互い、頑張りましょう。

最後に交わした言葉を思い出す。希望に満ちあふれた口調。その様子を見た歌野は素直に嬉しく感じた。

幹部になるというのなら、それで良い。ただ、オープンライトは普通の宗教団体ではない。なにか裏があるはずだ。それを明らかにしなければならない。幹部になることで、綾佳が妙なことを強いられるのではないかという危惧があった。

一人になった部屋の電気を消し、窓から外の様子を窺う。夜の外出は禁じられている。見える範囲では人影はなかった。

都会と比べて、ここは音が極端に少ない。今日は風もなく、木々の枝葉のざわめきもほとんど聞こえない。そのため、少しの音でも響く状況だった。外出していることを覚られないよう注意を払わなければならない。

部屋を出る。

リビングでは信者たちがバラエティー番組を見ているようだった。部屋から玄関までは、リビングを通らないので、信者に見つかる恐れは少ない。

忍び足で廊下を進み、三和土に置いてあるスニーカーを履いた。

共用の鍵が壁に引っ掛かっていたので、それをポケットにねじ込んで、ゆっくりと扉を開けて外に出た。

懐中電灯はなかったが、月が出ていたので、なんとか足元を確認しながら進むことができた。方角を確認しつつ、歩を進める。道のようなものはなく、地面はでこぼこで、傾斜も多い。気をつけなければ足を挫《くじ》く可能性もある。

住居エリアから医院までは、歩いて五分ほどかかる。人目につかないよう、藪《やぶ》の中を進むほうが良いだろうかと思ったが、不気味な虫の音が方々から聞こえてきたので、歩きやすい道を歩む。

ようやく医院が見えてきたところで、車の音がした。

茂みに隠れ、様子を窺う。

見知らぬ軽自動車だった。徐行して進んでいる車が医院の前で止まる。車のヘッドライトを灯したまま運転席から男が出てきた。桐ヶ谷だ。助手席からは若い男。後部座席から降りてきたのも男で、五十代くらいの痩身だった。医院の玄関のライトに照らされた痩身の男は、死人のような血色をしていた。桐ヶ谷以外、初めて見る顔だった。

荷室から大型のキャリーケースを取り出した桐ヶ谷は、痩身の男を医院の中に案内する。残った若い男も後に続いたが、ふと立ち止まって周囲を確認した。

目が合った気がした。

慌てて顔を伏せる。暗闇の中にいるので気付かれてはいないと思いつつ、口に手を当てて、息を殺す。肝が冷えた。

車のエンジン音が消えた。一分ほど経って顔を上げると、車のヘッドライトは消されており、人の姿もなかった。

このまま、無計画に医院の玄関から入って良いのだろうか。正面突破は、見つかることが前提の行動である。

見つかったら、どうなるのか。

現時点で、オープンライトは不審だったが、暴力性は垣間見《かいまみ》えない。ただ、いつ剝き出しになってもおかしくない雰囲気はあった。

恐怖心に足がすくむ。

棚田は、俗世とは隔絶された空間だ。たとえ殺されても誰にも見咎められないだろう。不安が脳裏を過ぎるが、ここでじっとしていてもなにも摑むことはできない。虎穴に入らずんば虎児を得ず。十分ほどその場でじっとしていた歌野はゆっくりと息を吐き出した。腹を決める。

護身用に役立つかは不明だったが、手頃な木の枝を手に取って握りしめる。なにもないよりはマシだろう。

かけている眼鏡の録画ボタンを押してから医院に近づき、正面玄関から中に入る。待合室エリアは、蛍光灯の白い光に照らされていた。暗がりからの落差に、軽い目眩がした。

いつでも逃げられるように、医院の出入り口の扉は開け放し、スニーカーを履いたまま上がる。

幸い、人の気配はない。医院の間取りは把握していなかったが、桐ヶ谷や、先ほどの痩身の男もこの建物の中にいるはずだ。

診察室に向かいつつ、握っていた木の枝を捨てた。誰かに見つかったら、急に具合が悪くなったので受診に来たと言えばいいのだ。上手い口実だと思い、少しだけ気が楽になる。

診察室は無人だった。

奥にあるベッドも空だった。診察室を出る。

声がしない。建物内には少なくとも、車でやってきた三人と綾佳はいるはずなのに、静寂が保たれている。

廊下は奥へと続いていた。入ったことのない場所だ。

先に進むと、扉が三つあった。そのうち、一つの扉から微《かす》かに光が漏れていた。微かに、人の声が聞こえたが、くぐもっている。扉に厚みがあるのだろう。

躊躇しても仕方がない。

ドアノブを握り、思い切って扉を開けると、そこに、赤いアロハシャツを着た桐ヶ谷が座っていた。驚いた表情でこちらを見ている。奥のほうにいる若い男が歌野を睨み、なにかを叫んでいた。中国語だ。

桐ヶ谷が驚愕していたが、その顔がみるみるうちに歪んでいく。

しかし、歌野はその変化には気付かなかった。一点に、目が釘付《くぎづ》けになっていた。

横に広いガラスがはめ込まれている。その先が、やけに明るい。

ガラスの向こう側がどんな用途に使われているのかはすぐに分かった。ドラマなどでよく見る手術室とそれほど変わらない。

手術台だろうか。そこには、手術時に使われるメディカルキャップを被った綾佳が寝かされていた。その隣には、軽自動車の助手席から降りてきた痩身の男も横たわっていた。

静かに目を閉じている二人の間に立っているのは、医師の朝川だった。手術着を着ている上、マスクをつけていて顔がほとんど見えなかったが、間違いない。

いったい、なにをやっているのだ。頭で状況を理解することはできなかったが、大きな危機に直面していることは感じ取れる。

ここにいたらまずい。捕まったら、まずい。

「どうしてここに！」

桐ヶ谷の言葉が耳に入ってくると同時に、若い男が向かってくる。

その声に身体を震わせた歌野は、踵《きびす》を返して走り出した。

捕まるわけにはいかない。背後で男が転ぶ音がする。なにかに躓《つまず》いたのだろう。運が良いと考えつつ、医院の玄関から出る。

車を奪って逃げることも考えたが、鍵が挿《さ》しっぱなしになっているとは思えなかったし、知らない山道を車で走るのは恐ろしい。滑落する可能性もある。

ともかく、今はできるだけ遠くに行って相手を撒《ま》かなくてはならない。自力で下山できるか分からないが、やってみるしかない。

月明かりを頼りに走るが、凹凸の地面に足を取られそうになり、注意しながら足を出すと遅くなる。ただ、この条件は相手も同じだ。転倒はタイムロスに繋がる。慎重に、転ばないように走る。

先ほどの光景は、一体なんなのだろうか。予想外のことに頭が上手く回らない。

後ろを振り返って状況を確認しようかという衝動に駆られたとき、急に呼吸音が間近に聞こえた。

追いつかれた。そう意識した途端、肩を掴まれ、その場に引き倒された。

仰《あお》向《む》けに倒れた歌野は、夜空に浮かぶ月を見た。その月が、見下ろす男の顔によって隠れる。桐ヶ谷だった。

「ったく、面倒、起こすなよ」

息を切らせながら言う桐ヶ谷の顔が歪んでいる。人の顔には見えない。それは、今まで見たことのない邪悪なものだった。

胸を上下させて呼吸をする歌野は、声を発することができなかった。これから、なにが起こるのか。恐怖で上手く思考できなかった。

桐ヶ谷の荒い呼吸が耳に届く。開いている口が異様に赤く見えた。

腕が伸びてきたので、歌野は身体を硬くし、目を閉じた。

その瞬間、鈍い音が聞こえてきた。直後、呻《うめ》くような声。

いったい、なにが起きているのか。恐る恐る目を開く。

そこに、見知らぬ女性が立っていた。ショートカットで、背は低いがスタイルが良い。暗くてよくは見えなかったが、歌野よりも若いだろう。記憶を辿る。信者にはいなかったはずだ。

「大丈夫ですか？」

差し伸べられた手を見て躊躇したが、悪意を感じなかったので握る。

身体を起こした歌野は、状況を理解した。

桐ヶ谷が倒れている。そして、目の前の女性の手には、折れた警棒のようなものが握られていた。

呻き声。自分の頭を両手で抱えるようにしている桐ヶ谷がもだえている。気を失っているわけではないようだ。

「逃げたほうがいいですよね？」

女性の言葉に頷いた歌野は走り出す。女性もついてきた。

「名前は？」

悪路を進みながら歌野が問う。

「……沙倉です」

逡巡《しゅんじゅん》するような間を置いてから答えた。

歌野も名乗ってから、質問を続ける。

「どうしてここに？」

「知り合いがオープンライトってところに入って連絡が取れなくなったので、それで心配になって見にきました。でも、道に迷って、こんな時間になったんです……あの、オープンライトの方ですか？」

「一応ね。でも、今はこうして逃げてる」

「どうして逃げているんですか」

「それは……」

続きが出てこなかった。医院で起きていたこと。どうして綾佳は手術室のような場所で横たわっていたのか。そして、隣にいた痩身の男の存在。

わけが分からなかった。

「ちょっといろいろあってね」

理解できないことを言語化することができなかった歌野は、答えをはぐらかす。

「さっきはありがとう。間一髪だった」

あのまま捕まっていたら、どうなっていたのだろう。考えるだけで怖気がする。

沙倉は、手に握られている折れた警棒に視線を向ける。

「私、職業柄、ストーカー被害に遭いやすいので小さな警棒とかを携帯しているんです。でも、それで人を殴ったのは初めてで……こんなに簡単に折れるなんて」

そう言った沙倉は、警棒を捨てる。自分自身の行動に驚いている様子だった。

「……どうして助けてくれたの？」

歌野は、浮かんだ疑問を口にする。

「だって、襲われていたじゃないですか」

単純明快な答えが返ってきた。

たしかに、そのとおりだ。

しかし、そういった場面に遭遇して即行動するのは難しい。知り合いを心配してこんな山奥まで来ることを考えると、沙倉はかなり行動力がある。

「私も、逃げたほうがいいですよね？」

沙倉が問う。

幹部である桐ヶ谷は気を失ってはいなかった。いずれ、仲間を伴って追ってくる可能性もある。

「……絶対にそのほうが良い。下山して、警察を呼びます」

「警察？　そんなヤバいんですか？」

「かなりヤバいと思う。捕まったら殺されると思って走って」

その口調の真剣さを感じ取ったのか、沙倉の顔にも真剣味が増した。

いつの間にか、風が出ていた。木々が不気味に揺れて、膨らんだり萎《しぼ》んだりしているように見える。風を切る音が、人間ではない存在の唸り声のように聞こえた。

ずいぶんと医院から離れた場所まで来た。ここからは、杉林が林立する斜面を下ることになる。空を覆うように茂る杉の枝葉によって、月の光はほとんど届かない。闇を見下ろす。視野がほとんど確保できない。暗い斜面を下るのは自殺行為に思えてきた。このまま明るくなるまで潜んでいようかと思ったが、ここに留まるのは危険だ。

「……スマホ持ってる？」

「はい」

頷いた沙倉は立ち止まり、ポケットからスマートフォンを取り出した。

「地図アプリとか起動して、道とか分からない？」

「地図……こんな感じなんです」

渡されたスマホの画面を確認する。現在地は分かるが、道は表示されていなかった。地図の体を成していない。

「どうして、ここが分かったの？」

疑問を口にする。オープンライトは、信者に対してもこの場所を教えないまま、棚田に連れていく。歌野も事前に調べたが、結局分からなかったのだ。部外者がこの場所を知ることはできないだろうし、偶然ここを見つけたとは思えなかった。

スマートフォンを受け取った沙倉は、別の画面にしてから見せる。先ほどとは違う地図だったが、ほぼ同じ場所に鍵のマークが表示されている。

「知り合いがいつも使っているバッグにエアタグ——GPS発信機みたいなものを入れておいたんです。それで、ここを見つけました」

「この鍵のマークは？」

「もともと、私の鍵にエアタグを付けていたので、鍵として登録しておいたものです」

エアタグ——持ち物を見つけるための Apple 社の小型追跡機だ。そういうことかと納得する。

「……オープンライトに入ったっていう知り合いの名前は？　もしかしたら分かるかもしれないから」

「綾佳って人です」

歌野は、手術室で横たわっていた綾佳を思い出す。

「苗字《みょうじ》は分かりませんし、本名かどうかも微妙ですけど。私の家にいた頃には、髪を金髪に染めていました。童顔で、ちょっと世間知らずなところのある子です」

外見も合っている。間違いないだろう。

「綾佳の知り合いって言ったけど、どんな知り合い？」

その問いに対して、少し考え込むような仕草の後、口を開く。

「……どう言えばいいのか分からないけど、ふらふらして危なっかしいから、家にしばらく泊めてあげたんです。家出してきたみたいで」

つまり、一時保護していたということか。それは赤の他人ということだ。

「もともと知り合いだったとかじゃなくて？」

「はい」

「……それだけの関係なのに、こんな山奥まで追ってきたの？」

にわかには信じられなかったので、疑問を投げかける。他人にそこまでする義理はないはずだ。

「そうです」

「どうして、そこまで？」

「それは……」

歌野の問いを受けた沙倉は、戸惑ったような声を発する。

「……人を救うってなかなか難しくて、家出した子を泊めてあげる私の行為だって、ほとんど意味がないんです」

答えた沙倉は一拍置いてから続ける。

「でも、気に掛ける大人がいるってことを分かってもらえるだけでも違うと思うんです。私自身が、そうでしたから。綺麗事を言うだけじゃなくて、しっかりと見ていてくれる人がこの世界にいるってことに気付くことができれば、世の中捨てたものじゃないって思ってもらえることもあるんです」

歌野は目を見開く。

華奢《きゃしゃ》で小柄なので、一見すると弱々しくもあるが、芯の強さを感じた。

「綾佳さんなら知ってるよ」

歌野の言葉に、沙倉の表情が明るくなる。

「元気ですか？」

「うん。元気だった」

――少し前までは。

今は、手術室にいる。これからいったいどうなるのか分からない。そのことを考えると、このまま逃げていいのかという思いが強くなる。

助け出すべきではないのか。

でも、そんなことができるのか。

思考を巡らせていると、大きな音が聞こえてきて、目の前に木の枝が落ちてきた。朽ちていた枝が、風に揺さぶられて折れたのだろう。

頭に当たらなくて良かったと思った瞬間、背筋に悪寒が走る。

不意に聞こえてきた、鈴の音。

振り返ると、大柄な影があった。

志木だった。

不思議そうに沙倉のほうを見てから、歌野に鋭い視線を向ける。

「抵抗するな」

手に握られているライフル銃の銃口が、ゆっくりと歌野に向けられた。

2

北森は頭を掻きむしった。

確保したインチャオが忽然《こつぜん》と姿を消した後、暴力班のメンバーに事情を伝えた。新宿で目撃されたインチャオは、新宿区戸山にある若松住宅と呼ばれていた廃墟に潜伏しており、接触した後に襲撃者によって追われ、上手く逃げられたのは良かった。ただ、その後、インチャオを警視庁本部庁舎の暴力班部屋に連れて行ったが、少し目を離した隙にいなくなってしまった。

すぐに周辺を捜索したが、インチャオの行方は分かっていない。

北森は暴力班部屋のソファで仮眠を取ろうとも考えたが、眠れないまま朝を迎えた。

十時十五分。

暴力班部屋には司馬と力丸がいた。今までの経緯は共有済みで、小薬と関屋には文京区にあるSSBCに向かってもらっている。

「お前と、インチャオという中国人を襲った襲撃者の特徴は？」

司馬が問う。

「マスクをつけていたので人相は分かりませんでした。声も発していなかったので、国籍も不明です」

北森は言いながら、再び頭を掻いた。

警視庁本部庁舎の防犯カメラの映像を確認したところ、インチャオは一人で警視庁本部庁舎を出ていた。その後の足取りは、今のところ分かっていない。

「少なくとも、密航してから逃げ出したインチャオを野放しにしたくない奴らがいるってことだな」

腕を組んだ司馬は、しばらくその体勢のまま硬直していたが、やがて太股をパンと叩いてから立ち上がる。

「ちょっと、挨拶がてら情報収集といこう」

「どこに行くんですか」

「鶯谷《うぐいすだに》だ」

笑みを浮かべる。なにか良からぬことを考えていそうな顔だった。

ランドローバー・ディスカバリーのエンジンをかけたところで、後部座席に司馬が乗る。車体がぐんと傾いた。

「力丸さんは連れて行かなくていいんですか」

北森が問う。司馬の情報収集は危険が伴う。頭数は多い方がいい。警察官に手を出す暴力団や半グレは珍しい。リスクが高いからだ。しかし、今までの経験上、司馬の情報収集では、たとえ警察官であっても危険にさらされる可能性が高かった。

「あいつは留守番だ」

反論したい気持ちもあったが、黙る。なにを言っても無駄だ。

「それで、どこに向かえばいいんですか?」

まだ場所を知らされていなかった。

「下谷北《したやきた》警察署だ」

司馬の回答を聞いた北森は安堵の吐息を漏らす。警察署なら安全だ。

台東区の北西部を管轄している下谷北警察署は、ホテル街である鶯谷を擁する。飲み屋も多く、風俗店もある。ただ、治安はそれほど悪くなかった。鶯谷エリアは昔ながらの住宅街があり、駅周辺以外は落ち着いている。周辺の上野や浅草のほうが遥かに犯罪発生率は高かった。

「どうして、下谷北警察署なんですか」

「だから、挨拶がてらの情報収集だ」

答えになっていなかった。

警察署の駐車場が満車だったので、近くのコインパーキングに車を停め、歩いて警察署に入ると、下谷北警察署の職員の冷たい視線を受ける。この反応は、どこでも同じだった。暴力班は、組織全体から好ましく思われていない。

「ここで待っててくれ。ちょっと刑事部屋に行ってくる」

司馬はそう言うと、階段を軽快に駆け上がっていく。ついていこうかとも考えたが、止めた。刑事部屋に行けば、ほぼ間違いなく敵意を向けられる。そういった対応には慣れたが、あえて自分から飛び込むつもりもなかった。

ロビーに並ぶ複数のソファに目を向けると、複数人の男女が座っている。相談窓口の順番を待っているのだろう。空席もあったが、目立たない場所に移動して立っていることにした。

腕時計を見ると、十一時になっていた。

ゆっくりと息を吐く。詳しい理由を一切聞かされないのは、いつものことだ。

「……これでも班長なんだけどなぁ」

愚痴が口からこぼれる。

もっと毅然とした態度で対応しなければならないと常々考えているが、どうしても司馬の雰囲気に気圧《けお》されてしまう。

取って食われるわけではない。そう思いつつ、そんな恐れを感じて本能的に警戒してしまう。

やがて、司馬が戻ってきた。

「行くぞ」

また移動かと思い、どこに行くか訊ねる。

「留置場で面会だ。取り調べがしたいと言ったんだが、それは無理だった」

司馬は、不満そうな表情を浮かべていた。

エレベーターを使い、三階に上がる。下谷北警察署の留置場は三階の一区画に設けてあるようだ。面会も同階で行なう形になっていた。

無機質な面会室に入る。パイプ椅子は二脚あった。

アクリル板越しにある部屋は、留置されている人間が座る。壁際には机と椅子もあり、そこには看守が座ることになっていた。

やがて、看守に伴われ、一人の男が部屋に入ってくる。

長髪に、整った顔立ち。見たことがある。記憶を辿り、すぐに思い当たった。

白虎団のユーエン。渋谷に生息していた同郷の半グレをまとめ、白虎団と名乗っている。ぼったくりバーや管理売春などをしている組織のトップで、三社祭のときに浅草の暴力団事務所を襲撃した際、司馬と関屋が逮捕した人物。

どうして、浅草で起きた事件なのに下谷北警察署の留置場にいるのかと思ったが、すぐに合点がいく。浅草の一部エリアが下谷北警察署管轄なのだ。

「おー、宿敵の司馬さんじゃないですか」

パイプ椅子に座ったユーエンは、扉をノックするようにアクリル板を叩き、白い歯を剝き出しにする。流暢な日本語。

壁に向かって設置された机の前に座った看守の顔は正面から見ることはできなかったが、横顔は確認できる。妙なことがあれば、すぐに警察内部に伝播するだろう。

「なにが宿敵だ。お前みたいな奴、端《はな》から俺の敵じゃねえよ」

司馬が警察官とは思えないセリフを吐く。

ユーエンは肩をすくめる。

「冗談冗談。あんたと敵対するのは割に合わないから、これからは仲良くやりましょう。嫌がらせみたいに勾留《こうりゅう》されているけど、そろそろ出られるんで」

「早いな」

「そりゃあね。俺たちは管理売春してないから。だって、女たちを居住させている実態はないしね。それは管理売春じゃないでしょ」

狡猾《こうかつ》な笑みを浮かべる。

売春防止法第十二条では、人を、自己が占有するもしくは管理する場所または自己の指定する場所に居住させて売春をさせることを業とすることで成立する犯罪と定義している。

ただ、売春をしている女性が、任意で居住している場所から店などに通って売春するようなケースでは、売春防止法第十二条が定義している〝人を自己の占有し、若《も》しくは管理する場所又は自己の指定する場所に居住させ〟に当てはまらない。

「でも、裁判でどうなるか分からないですよね」

北森は続ける。

「通いで行なう管理売春の成否が争われた裁判例が、たしか大阪高裁であったはずです。そのときは管理売春には当たらないという判決でしたが、状況によっては、売春婦が任意で住居を選択した場合でも、売春業者を管理売春で処罰し得る場合があるとも述べられています」

「ちょうど俺も、そのことを言いにきたんだ」

司馬が淡々と言う。

ユーエンの顔が歪む。それを見て、司馬が嬉しそうな笑みを浮かべた。

「もし、管理売春だとなったら、十年以下の懲役及び三十万円以下の罰金だ。お前は普段の素行が悪いからな。執行猶予はつかないかもな」

ただ、と語調を強めた。

「俺に協力すれば、塀の中で過ごさなくていいように取り計らうことも可能だ」

司馬にそんな権限はない。ただ、相手にそう思わせるような自信が漲《みなぎ》っていた。看守の横顔を確認する。苦々しそうな表情を浮かべていたが、とくに口を挟んではこなかった。

ユーエンは、発言の真偽を確かめるような眼差しを司馬に向けたが、すぐに目を閉じ、部屋に響くほど大きく息を吐いた。

「……本当に嫌だけど、協力しないデメリットのほうが大きそうだからな。で、なにを知りたい？」

「この前、密航した中国人の二人が殺された。知っているか？」

「まぁ、ニュースでやっている程度にはな」

「その二人は、中国で死刑判決を受けた死刑囚だということだ」

ユーエンの顔が険しくなる。

「そして、殺された二人の中国人以外にも、密航者はもう一人いた。そいつも、政治犯として緩期二年執行判決を受けたそうだ」

淡々とした口調で告げると、ユーエンの顔が強張《こわば》る。

「死刑囚を密航させたのに、三人のうち二人は無惨に殺された。それに、今も逃げている密航者のことを追っている奴らもいる。そいつらはナイフを持っていて、どうやら密航者を殺すつもりだったようだ」

無言で聞いているユーエンの顔を凝視した司馬は、アクリル板に顔を近づけた。

「密航はリスクもあるし、金もかかる。しかも、死刑囚だ。常軌を逸している。手引きしている組織について、なにか知っている情報があれば教えてくれ」

その投げかけに対し、ユーエンは口を一文字に結んでいる。

司馬は、いきなりアクリル板を叩いた。大きな音が、面会室に響き渡る。

「おい、聞け！　こんな大それたこと、日本人だけでできるわけがねぇ！　中国人も絶対に絡んでいるはずだ！　なにか知ってるだろ！」

恫喝のような口調に、後ろに座っている看守が非難の眼差しを向けてきたが、司馬はそれを無視した。平手で、アクリル板が割れてしまうのではないかと心配になるほど叩く。

「知っていることがあれば教えろ！」

ユーエンは、破壊されそうになるアクリル板の前に動じることなく座ったまま、思い詰めたような視線を一点に注いでいる。その先には、なにもない。

アクリル板を叩く音を聞きつけた別の看守が慌てたように部屋に入ってきて、面談が強制的に終了させられた。

立ち上がったユーエンは、司馬に射抜くような視線を向け、口を開く。

「一つだけ教えてやる。俺は、〝白〟と〝黒〟と〝灰色〟には関与しても、〝赤〟には首を突っ込まないことに決めているんだ。赤なんていうのは、人間のすることじゃない。外道《げどう》中の外道だ」

「赤？」

司馬が問うが、ユーエンはなぞなぞのような言葉を残し、看守に伴われて部屋から消えた。

「……意味、分かるか？」

司馬に問われた北森は、首を横に振った。

白と黒と灰色。そして、赤。皆目見当がつかなかった。


成果を得られないまま、下谷北警察署を後にする。

司馬は不満顔のまま、肩を怒らせて歩いていた。そして、しきりにアクリル板が邪魔だったと愚痴をこぼす。その様子を見ながら、北森は安堵の表情を浮かべる。アクリル板がなかったら、暴力沙汰になっていたのは間違いない。

歩きながら、ユーエンの言葉を思い返す。

――赤なんていうのは、人間のすることじゃない。外道中の外道だ。

赤とは、どういう意味なのか。最初に思い浮かぶのは、社会主義や共産主義といった意味だ。中国は社会主義国家なので、それを意味しているのか。ただ、その場合、白と黒と灰色の意味が通じなくなる。ほかにも、赤は危険を意味する色だが、それも、ほかの色との整合性が取れない。

ランドローバー・ディスカバリーを停めている駐車場に向かっていると、ポケットに入れているスマートフォンが振動する。

小薬からの電話だった。

〈あ、本部庁舎から逃げ出したインチャオの行方が分かったよ〉

開口一番の言葉に、北森は目を見開く。

「ど、どこですか」

〈それがなんと、六機の隊員が確保したみたい〉

小薬と関屋には、文京区にあるSSBCに行ってもらい、警視庁本部庁舎付近の防犯カメラの映像を確認してもらっていた。警視庁が設置した防犯カメラも少なからずあり、そこに映っていたらしい。どうやら、インチャオは一人で警視庁本部庁舎を出た後、道端で六機の隊員に確保され、車で連行されたようだ。

〈映像には、二人の男が映っていたんだけど、関屋くんが二人の顔を覚えていて。それが六機の隊員だったの。今は多分、六機の拠点である勝島の留置場にいるんじゃないかな〉

重要な証人を掠《かす》め取られたということか。

〈取り返しに行くことも考えたけど、知らぬ存ぜぬで押し通されるのがオチだし、まさか警察署を襲撃するわけにもいかないからね〉

襲撃。司馬ならやりかねないと思いつつ、聞こえないように声を潜める。

「小薬さんの仰《おつしや》るとおり、六機と対立しても時間の無駄だと思います。インチャオが襲撃者の手にかかったわけじゃないと分かっただけで良いです」

〈了解。関屋くんが静かに闘志を燃やしている感じがするけど、こっちでなんとか抑えておくね〉

「……ありがとうございます」

古巣である六機が絡んでいるので、関屋は平常心ではいられないのかもしれない。

通話を終えた北森は警視庁本部庁舎に戻るため、車に乗り込もうとした。そのとき、司馬が乱暴に頭を掻いた。

「俺は別行動をする。先に戻ってくれ」

そう言うと、説明もなく歩いていってしまった。

呼び止めようかとも考えたが、無駄だと思い直して運転席に乗る。

一人では大きすぎるランドローバー・ディスカバリーを運転しつつ、この先の行動について考える。

ユーエンの言葉の意味を解き明かす必要がある。ただ、その方法が分からない。インチャオに聞けば、なにか分かるかもしれないが、そのためには六機というハードルを越えなければならない。六機の野本の顔を思い浮かべる。突っぱねられるのが目に見えていた。

池袋で発見された、刺殺体と内臓が空っぽになっている遺体。そして、逃げ出したインチャオを追う勢力。全体像が見えてこなかった。

警視庁本部庁舎に到着する。

地下にある駐車場に車を停め、エレベーターで本部庁舎の二階に上がった。報道機関向けに開放している記者クラブの部屋を通過し、北側に向かう。

暴力班部屋に入ると、留守番をしていた力丸が会議テーブルの前に立っていた。そして、会議椅子に、ＳＳＢＣから戻ってきた小薬が腰掛け、その前に見知らぬ男が座っていた。髪を後ろに撫《な》でつけており、銀縁の眼鏡の奥の瞳は鋭い。シャツの首元から、金色のネックレスが僅かに見えた。普通の会社員ではないが、かといって完全にアンダーグラウンドの雰囲気を持っているわけではない。

男は記者クラブの入館証を首からぶら下げていたが、テーブルが邪魔でよく見えなかった。

立ち上がった男が、名刺を北森に差し出した。

〝東洋新聞社　週刊東洋　編集長　黒田《くろだ》高次《こうじ》〟という文字が印字されている。

「黒田と申します。歌野の上司です」

意外な来客だった。

「……なにか、ご用でしょうか」

聞きながら、歌野のことを思い出す。東京への長期取材に行くと言ったきり、顔を見せていなかった。

「ちょっと聞いてあげて」

小薬が言う。その顔には不安の色が浮かんでいた。

北森が座ると、黒田が切り出す。

「実は、うちの会社の歌野と連絡が取れなくなってしまいまして。それで、いろいろなところに確認していたのですが見つからず……それで、いつも暴力班、いえ、警視庁組織犯罪対策特別捜査隊特別班の方々にはお世話になっていると言っていたので、なにかお聞きになっていないかと……」

暴力班という言葉が失礼だと思ったのだろうが、長ったらしい正式名称のほうに違和を感じるなと関係ない感想を抱きつつ、北森は口を開く。

「東京のどこかに長期取材に行くと言っていましたけど。それがどこだったのか、編集長にも伝えていなかったんですか」

頷いた黒田は、薄い唇を僅かに開けた。

「歌野は、オープンライトという新興宗教団体に潜入して取材すると言っていました。ただ、拠点となる場所は聞き出せなかったようです」

オープンライト。聞いたことのない団体名だった。

黒田は続ける。

「そんなに大きな組織ではないようなんです。でも、変な組織だと言っていました。入信した信者にお布施を要求しないらしく、拠点での生活費も無料。自然派の団体だと言っていますが、かなり怪しいんじゃないかって」

北森は、目をすがめる。どこかで聞いたことのある内容だった。

「週刊東洋は、潜入取材みたいな危険なことをさせる会社なの？」

小薬が責めるような口調で訊ねる。

黒田は、苦々しい表情を浮かべた。

「……いえ、危険なことはさせません。ですが、記者が取材のネタを持ってきて、それが面白かった場合、ある程度は記者たちの自主性に任せています。オープンライトは自然派の団体ですから、私はおおかた、大麻栽培などを手伝わせたり、違法薬物を製造させたりしているんじゃないかって思っていました。ただ、歌野はもっと別のなにかがあるかもしれないと考えていたようです」

「別の？　どんな？」

「……それは、記者本人の嗅覚で嗅ぎ取ったんでしょう」

曖昧な返答だった。

小薬はまだなにかを言いたい様子だったが、責めても仕方ないと思ったのか、腕を組んで口を噤む。

「場所が分かり次第、連絡をするという話だったのですが、今も音信不通で」

黒田の態度は毅然としているが、表情からは不安が滲んでいる。歌野のことを本気で心配していることが分かった。

「杞憂《きゆう》だといいんですが、歌野が危険にさらされているかもしれないので、なんとか見つけ出したいんです。その宗教団体の目的は分かりませんが、新興宗教というのは普通、金がかかるものです。それなのに、すべてが無料。その一点だけでも、オープンライトが後ろ暗いことをしていると想像できます」

「タダより怖いものはないからね」

小薬の呟くような発言で、北森の記憶が呼び覚まされる。

たしか沙倉が、自然派のグループのような宗教団体があり、無償で衣食住が提供されると言っていた。

「なにか、オープンライトの拠点に繋がるような情報はありませんか？」

北森の問いに、黒田は顎に手を当てて、低く唸る。

「……タナダって呼ばれる場所に信者を集めているって言っていました。ただ、それ以上の情報は秘匿されていたし、調べても出てこなかったようです」

――タナダ。

沙倉の発言の中でも出てきた単語だった。

「ちょ、ちょっと、失礼します」

立ち上がった北森は部屋を出て、スマートフォンで沙倉に電話を掛ける。呼出音は鳴るが、出ない。

仕事中なのかもしれない。

ただ、胸騒ぎがした。

以前、沙倉から送られてきたショートメッセージを確認する。沙倉が住む自宅の住所は、東京都練馬《ねりま》区中村北《なかむらきた》だった。

――それと、もし連絡がつかなくなったら、同級生のよしみで私を探し出してね。

沙倉の、冗談のような口調が蘇《よみがえ》る。

電話を三度かけ直してから、ショートメッセージを送る。

暴力班部屋に戻った北森は、小薬に目を向けた。

「……ちょっと、出てきます。黒田さん、行方不明者届を出していないようでしたら、これから作成してもらってください」

「どこに行くの？」

小薬の問いに、すぐに戻りますと言って、足早に部屋を後にした。説明しにくかった。

地下の駐車場に行って車の運転席に乗り込み、沙倉に電話を掛ける。しかし、相変わらず繋がらない。ショートメッセージも届いていないようだった。

歌野がオープンライトという宗教団体に潜入取材をして、音信不通になった。そして、沙倉が一時保護していた綾佳という女性がオープンライトに入信している可能性があり、沙倉は彼女の様子を見に行くと言っていた。そして、連絡が取れない。嫌な予感が当たらないでくれと願う。

車のエンジンをかけ、沙倉から送られてきた住所をカーナビに入力する。高速道路を使えば、四十分ほどで到着できる距離だった。

アクセルを踏み、本部庁舎の駐車場を出る。

運転しながら、北森は自分自身に驚いていた。今まで、悪い予感がしたからといって、即行動を起こすようなタイプではなかった。

暴力班のメンバーの脊髄《せきずい》反射的な行動が感染《うつ》ったのだろうかと思ったが、とくにその変化を不快には感じなかった。

渋滞もなく、予定時刻よりも早く到着した。

駅近くにある駐車場に車を停める。スマートフォンの地図アプリに住所を入れ、指定された経路に沿って歩く。中村橋《なかむらばし》駅から徒歩で五分ほどのところにある古びた外観のマンションが、沙倉の住処のようだ。

最上階である三〇三号室の郵便ポストを見る。名前は書かれていなかったが、広告チラシが少しだけ入っていた。ほかのポストと見比べる。長期間不在にしているわけではなさそうだった。

総合玄関にオートロックはない。

エレベーターを使わずに、階段で三階まで上る。

三〇三号室に至り、インターホンを押す。何度か試したが、反応はなかった。

玄関扉の横の小窓の縁に、小さな石が三つ並んでいた。右端の石を手に取って裏返すと、プラスチックの白い蓋が見えた。爪を使って開ける。鍵が転がり出てきた。鍵の隠し場所は、沙倉のメッセージにあったとおりだった。石形のキーボックスがあるのを初めて知った。ただ、かなり不用心だなとも思う。

沙倉に危機が迫っているという直感があったが、間違いの可能性も大いにある。躊躇が生まれたが、杞憂ならそれで構わないと意を決した。

鍵を使って解錠し、中に入る。玄関の三和土には、スニーカーとサンダルが一足ずつ並べられていた。どちらも女性ものだ。

「……お邪魔します」

多少の後ろめたさを感じながら、靴を脱いで部屋にあがった。

間取りは１Ｋのようだった。それほど広くはなかったが、家具が最低限しか置かれていなかったので広く感じる。

ベッドとは別に、部屋の隅に畳まれた布団が寄せてある。おそらく、一時保護した人に貸していたのだろう。

キッチンのシンクには、汚れた皿が二枚あった。

なにか、沙倉の行き先が分かるものはないだろうかと探してみると、ローテーブルに〝タナダに行く〟と書かれた紙切れが置いてあった。慌てていたのか、走り書きだった。

しかし、住所などの記述はない。

これでは探せないではないかと思いつつ、タナダと呼ばれる場所に、一時保護をした綾佳という女性が行き、沙倉はその様子を見に向かったと考えられる。

そのタナダは、オープンライトという新興宗教団体の拠点として使われているらしく、オープンライトに潜入取材をしている歌野とも連絡が取れない。

タナダの場所を見つけなければ、沙倉を発見することもできない。

そのとき、スマートフォンが震える。沙倉かと思って期待するが、司馬からだった。

〈さっきまで、快楽飯店にいたんだ〉

前置きなしの司馬の言葉が耳に届く。

快楽飯店。記憶を辿り、亀戸を拠点とする李の店だということを思い出す。

〈ユーエンが、白と黒と赤とかって言っていただろ〉

——俺は、白と黒と灰色には関与しても、赤には首を突っ込まないことに決めているんだ。赤なんていうのは、人間のすることじゃない。

北森は、ユーエンの言葉を思い出す。

「意味が分かったんですか」

〈ああ、快楽飯店の李が知っていたよ〉

司馬は咳払いをした後、続ける。

〈色は、市場のことを指しているらしい。白——つまり、ホワイトマーケットは、合法なものを売買する市場のことで、ブラックマーケットは銃器や麻薬の密売、グレーマーケットは海賊版ＤＶＤや課税を逃れる収入全般のことらしい〉

「じゃあ、赤のレッドマーケットはなんですか？」

一瞬の間を置いて、司馬の声が聞こえてきた。

〈人身売買。しかも、人間の臓器の売買だ。李は、レッドマーケットというのは、人体部品産業のことだと言っていた〉

3

朝川は、自分の呼吸を意識した。吸ってから、吐く。吐いてから、吸う。横隔膜《おうかくまく》が収縮し、胸郭《きょうかく》が拡大して胸膜腔内の圧が低下する。肺が受動的に拡張することで、空気が肺に入る。横隔膜が弛緩《しかん》、胸郭が収縮し、胸膜腔内の圧が上昇して肺が受動的に収縮し、空気が押し出される。

約五百ミリリットルの空気を吸い、吐く。生物にとって必須の行為である呼吸。これが無自覚に行なわれることに感動を覚える。

身体の機能を損なえば、生命の危機に瀕《ひん》する。それを食い止めるのが医者の仕事であり、人を救いたいという高い志を持って医学の道に入る医学生もいる。

ただ、朝川が医者になったのは、生殺与奪の権利を手に入れることができるからだ。幼い頃から、人の生死を扱いたいと思った。救うだけではない。それだけでは面白みがない。殺したい。しかし、曲がりなりにも法治国家で、しかも人権意識が広まっている日本においては、殺人に対する免罪符は存在しない。ただ唯一、医者だけが、人を殺しても罪に問われない。医者だけが、生死を扱える。明らかな医療ミスだと思われず、上手く事を進めれば、誰にも覚られることなく人を殺せるのだ。

しかし、思った以上にそれは難しいことだった。ほかの医師の目を欺《あざむ》いて殺すのは非常な労力が必要だったし、実際にやってみても、上手に患者を殺すことができなかった。

五年前のことだ。

会員制のラウンジのカウンターで飲んでいたとき、王《ワン》と名乗る男が話しかけてきた。

王は若手の中国人実業家で、日本でビジネスをしたいと検討しているという。そしてそれは、非常に儲かる上、刺激的なビジネスということだった。

そう言って口説《くど》いてくる男は掃《は》いて捨てるほどいるが、王の言葉が興味を引いた。

――資本はある。あとは、善悪の見境のない医師がいれば、ビジネスを始められるんだ。

その日、朝川は王と寝て、鍛え上げられた腕の中で適任がいることを教えた。目の前にいる人物こそが適格者だと。

王は意外そうな顔をしてから、随机応变《スウイヂイーインピイエン》と言った。臨機応変に対応するという意味の成語らしいが、王がどうしてその発言をしたのか分からなかった。

ビジネスをする上で、素性をすべて明らかにするように言われたので、朝川は正直に答え、勤めている大学病院の名も告げた。あのとき、どうしてすべてを正直にさらけ出したのか分からない。身体の相性が良かったからだろうか。今も分からなかった。

一週間後、王から連絡があった。そして、身辺調査の結果に問題がなかったと言われ、正式に仕事のオファーを受けた。

想像はしていたが、王のビジネスは普通のカテゴリーに収まるものではなかった。

王が作り上げようとしていたのは、大規模な臓器移植ネットワークだった。

日本で臓器移植を希望してＪＯＴ――日本臓器移植ネットワークに登録している人の

総数は一万五千人ほどにもなるが、一年間で臓器移植を受けられる人は、その内の四パーセントほどしかいない。彼らはそれこそ命懸けの状態で、悠長に順番待ちができるわけではない。そのため、NPO法人が無許可で海外での臓器移植手術を斡旋しているケースも少なくなく、そのいくつかは摘発され、代表者は逮捕されてもいる。

海外での無許可の臓器移植は違法である。それは患者《レシピエント》も承知しているが、臓器移植なくしては生き長らえることができないレシピエントにとっては、文字通り死活問題なのだ。

この世界では、希少価値が高いものに多くの金が支払われる。

命よりも金のほうが価値のある国は多々あるが、日本ではまだ命の比重のほうが高い。その人権意識があるゆえに臓器移植は進まないのだ。そして、たとえ違法であったとしても、命を救うことのできる臓器移植に大金を払うレシピエントが多く存在している。

つまり、需要と供給のバランスが非常に悪いのだ。

命を失わずとも、腎臓の機能を悪くして透析をしている患者は、毎年約一万人の割合で増加している。

腎臓はソラマメの形をしていて左右に一対あり、大人で縦十センチメートル、横五センチメートル。重さは百五十グラムほどだ。腎動脈が内部で細かく分かれ、その一本一本の先が毛糸のようにもつれ合っている。これが糸球体《しきゅうたい》で、ここで血液から原尿が濾《こ》し出される。糸球体がフィルターの役目をしているのだ。この機能が低下すると、腎臓の代わりに透析をすることになる。

透析患者は週に三回通院して、毎回四時間ほど拘束される。透析中には頭痛や吐き気を催す場合もあり、食事制限などのストレスから鬱病《うつびょう》になることもあった。

それらのことを、臓器移植は一気に解決してくれるのだ。

海外での無許可の臓器移植は、今も細々とした販路がある。しかし、臓器移植のために渡航しなければならず、渡航先での医療環境に不安を覚える事例は多発しており、移植後に体調を悪化させて死亡するケースもあった。

王のビジネスモデルは、今までとは逆だった。つまり、レシピエントが海外に行くのではなく、臓器提供者《ドナー》を日本に呼び寄せ、日本で移植手術をするのだ。渡航による肉体的・精神的な負担を取り除き、日本の清潔な設備の下で安心して移植手術を受けることができる。また、移植手術は、移植すれば終わりというわけではない。一部の臓器移植を除いて、一生、免疫抑制剤を飲み続けなければならない。違法な移植手術をした場合、免疫抑制剤の処方に難色を示す医師もいるし、中には処方を断られる場合もあるということだった。

違法な臓器移植では、生体移植が多く、人権を無視したものだと非難されているのも、医師が処方を断る理由の一つのようだ。

生体移植とは、死体移植とは違い、生きている人間から臓器を摘出することだ。エジプト、インド、パキスタン、フィリピンなどの国には、村ぐるみで臓器を売ったり、子宮を貸したり、自分の遺体への権利を放棄することに同意させたりすることを平気で行なっている地域がある。圧力があるからではなく、取引が双方にとって同意できるものであるからだ。これらの国では、ブローカーが臓器を安く買い、レシピエントには倫理上問題のない臓器だと言い含める役目を負っている。

　それでも、臓器売買は不透明であり、どうしても感染症などのリスクを伴う。

　王は、安全性を売りにして、免疫抑制剤の処方を問題なくしてくれる複数の医院と提携していた。

　最初にそのことを聞いたとき、そんなビジネスモデルが成り立つのだろうかと疑問に思った。そもそも、ドナーをどうやって輸入してくるのか。

　その問いに、王は笑った。

　——輸入だけに頼っていたら駄目だ。価格も不安定だし、安全性も低くなる。だから、自給率を上げる。地産地消のような状況にしなければ。

　まるで、経済の原理原則を説いているような口調で説明する。

　かつて、中国政府は収容所に拘留した囚人の臓器を強制的に収奪して、移植手術を行なっていたことが告発された。臓器は中国国内の要人だけでなく、外国人にも移植され、臓器を抜き取られた囚人は証拠隠滅のために焼却されていたという。臓器移植は莫大な利益を生むビジネスとなっており、軍、病院、裁判所などが組織立って関与していると言われていた。

その結果、衛生省によって外国人への移植を規制する管理強化策が打ち出された。ただ、中国には本音と建前があり、表層的に禁じても抜け穴が用意されている。

——上有政策、下有対策。

上に政策があれば、下に対策があるという言葉のように、外国人への移植を控えるように通知したとしても、現場は秘密裏に実行する。とくに、人民解放軍が各地に抱える病院は衛生当局の管轄外で、軍の絶大な権力の下では口出しはできない。

それでも、対外的な目があるため、自由に移植手術をすることは難しい。そこで、王はドナー自体を国外に送り出して移植させる方法を思いついて、日本に拠点を作ることにしたのだ。

中国と日本両国に協力者を作り、安心安全な臓器移植を売りにした。

王はほかにも、オープンライトという団体を作り、若者を中心に勧誘した。日本の年間失踪者数が八万人を超えることに注目し、消えても探す人がいない日本人をドナーにすることを考えたのだ。オープンライトに入信する際には、自己申告で経歴を聞き出し、消えてもすぐに問題にならないかどうかを確認する。しかし、その裏付け調査はしなかった。脅威が混じる可能性があるのではないか。朝川の問いに、王は笑った。

――入信した奴は、レシピエントが見つかり次第、すぐに殺される。使える臓器を抜き取られた遺体は溶かされ、痕跡も残らない。臓器移植は世間から隔絶した棚田という場所で行なわれるし、そこに留まっている間は通信手段も奪われる。脅威が混入したところで、ドナーが増えただけと考えればいい。問題は起きない。

脳天気な回答だと思ったが、それで上手くいった。

日本には、顧みられない人間が存在するということだ。

オープンライトの拠点となる棚田は、いわば日本の臓器農場であり、短い間飼われ、適合するレシピエントが見つかり次第、そこで移植手術も行なわれるというスキームだった。

そして、このビジネスの最後のピースである移植の執刀医に朝川が選ばれたのだ。

計画の全貌を聞かされた朝川は、王との出会いは偶然ではないと認識した。会員制ラウンジで接触してきたのも、周到に準備されたことだ。おそらく、執刀医の候補者を探す中で、朝川に辿り着いたのだろう。朝川が優秀な外科医であるということも、王は把握しているようだった。

そして、王の目算に狂いはなかった。今まで二百体近くの移植手術を行なった。レシピエントは違法な臓器移植をするので後ろめたさがあるし、その後の免疫抑制剤の面倒も見て貰わなければならない。言わば共犯者。自ら口外する者はいない。

腎臓移植を日本人が米国で受けると、二千万円。心臓移植は二億円で、肝臓移植は一億円ほど。非合法の中国マーケットでは半値以下だったが、規制によって思うように手術を受けることができないし、衛生面の保障もない。

オープンライトが用意した移植手術の費用は米国の半額。しかも渡航費もいらず、滞在費も不要。

レシピエントへの移植に使わなかった臓器も、転用可能のものがあれば王の手下がどこかで売り捌《さば》いているようだった。心臓は六千万円。肺は三千万。靭帯や骨、皮膚も良い値で売れる。髪の毛だって価値がある。豚は鳴き声以外食べられると言われているが、人間もほぼすべての部位に価値がある。新興国と先進国では人体の値段が違う。健康な日本人の場合、すべてを売れば四億円になるようだ。

そこまで効率良く売り捌くことはできないが、オープンライトの維持管理費を鑑みても、十分に採算が取れる事業だった。

密航後に棚田に運ばれてくる中国人はすでにレシピエントが決まっているので、ドナーの準備が整い次第、移植手術を実施することができる。残った臓器は王が手配した業者がどこかに持っていく手筈《てはず》になっていた。

オープンライトに入信した日本人も同様の運命を辿る。血液を採取され、レシピエントを探すことになり、適合すれば移植手術を実施する。レシピエントは、オープンライトの移植が合法ではないことを知っている。それでも、かけがえのない自分の命を天秤《てんびん》にかけ、移植手術を受けにくる。

レシピエントの罪悪感を軽減させるのも、オープンライトの仕事だったため、数人のカウンセラーを雇っている。

犠牲者はいないので大丈夫。あなたは生きる価値がある。

最終的に、レシピエントは自分の都合のいいように事実をねじ曲げて納得し、移植手術を受ける。断る人はいなかった。

アイスティーを口に含んだ朝川は、眉間に皺を寄せる。氷が溶けて、味が薄くなっていて不味《まず》かった。

息を吐き、吸う。

「それで、どうしてここに？」

診察室の椅子に座っている朝川は、目の前にいる二人の女性に目を向ける。結束バンドで両手両足を固定されていた。

一人は信者の歌野だが、もう一人は初めて見る顔だった。所持していた財布に運転免許証が入っていたので、名前は沙倉舞ということは分かっていた。

ただ、どうしてここにいるのか。

「ちょっと、散歩に来ただけってのは苦しいですよね」

沙倉は冗談のような気楽な口調で言う。

やけに冷静だなと思う。

沙倉が単身、棚田に乗り込んできたのなら話は単純だ。問題は、沙倉の単独行動ではない場合だ。化粧は薄く、装いもシンプルだった。催涙スプレー以外の武器も所持していなかった。登山客には見えないし、そもそもこのエリアで登山を楽しむ人はいない。警察にも見えない。

王の敵対組織の可能性を考えるが、すぐに掻き消す。臓器売買市場は、特殊だ。薬物売買や売春斡旋とは違い、縄張り争いはない。

では、何者なのか。棚田で行なっている臓器移植事業を嗅ぎつけたとして、ここに乗り込むメリットはなんだろうか。沙倉は武装していなかった。少なくとも、オープンライトにとって沙倉は脅威となる存在ではない。

沙倉の背後に、何者もいなければの話だが。

「あなたのお仲間も来ているの？」

朝川の問いを受けた沙倉は、答えをはぐらかす。

ここには臓器移植のために人を切り刻む道具が揃っている。拷問して吐かせてやろうかとも思ったが、趣味ではない。意識のある人間を痛めつけることに快感は覚えない。

朝川は、視線を歌野に向ける。

今晩、医院に忍び込んできたということは、オープンライトを探るために入信してきたのか。それとも、棚田に来てから不信感を覚えて病院まで様子を見にきたのか。どちらにしても、秘密を知ってしまっている以上、このまま生かしておくことはできなかった。

二人を捕まえてから、三時間が経過していた。

時刻は午前二時を回っている。

王の手下たちが周辺を捜索しているが、沙倉の仲間は見つかっていないようだった。このまま、沙倉の単独行動だということが確定すれば、二人を処理するだけで済む。二人に適合するレシピエントを探すまで閉じ込めておくこともできたが、ほかの信者に気付かれる可能性もある。

ここは臓器農場で、国外からだけではなく、国内からもドナーを確保することができる。この二人を生かし続けるのは高リスクというのが、王の判断だった。ただ、せめて、取り出した臓器を業者に引き取ってもらうという。業者が到着次第、処置をする。臓器は、鮮度が命だ。

朝川は、机の上に置いてあるトランシーバーを一瞥する。彼らは交信し、やりとりをしているが、そのすべてが「異常なし」という報告だった。棚田の周辺を捜索している王の手下は、日本人と中国人だ。全員、荒事に長けている。もし、沙倉が警察官だったとして、別働隊が突入してきても、彼らは抵抗するだろう。

朝川は、その隙に逃げれば良いと思っていたが、沙倉が警察官ではなかった場合は、このままオープンライトでの仕事を続けるつもりだった。

しかし、迷いはあった。

「この世界には、麻酔なしで臓器を抜き取られる人もいる。でも、安心して。ここではしっかりと麻酔をかけてあげるから。暴れられると臓器が傷付くかもしれないし、叫び声とか嫌いだから」

その言葉を聞いた歌野と沙倉は、恐怖に支配された表情になった。

朝川は笑みを浮かべつつ、オープンライトの綻びを感じていた。

組織の結束は強固であり、レシピエントの口も堅い。そして、ドナーは存在が消されて証拠は残っていない。

ただ、先日、三人の中国人死刑囚を密航させたとき、一人の男が輸送中に逃げ出した。情報は持っていないものの、イレギュラーは消すべきだという王の指示で捜索させたが、今も殺害に成功していない。

また、密航させた中国人女性の移植手術を終えた後、もう一人が遺体を奪取して棚田から逃げ出した。どうやら、二人は思想犯で死刑囚となっており、もともと恋人同士だったようだ。空洞になった女の遺体を担いで逃げ出した男の体力には驚かされた。

結局、逃げている途中に負った傷により男も死亡したが、危ない状況だったのは間違いない。

失態に次ぐ失態。このビジネスは秘匿性が高くなければ成り立たない。そこに亀裂が入れば、瓦解は時間の問題だった。

潮時かもしれない。王は金払いが良かったので、十分稼がせてもらった。

そのとき、トランシーバーから雑音が聞こえてくる。

〈请赶快支援《チンガンクワイヂイーユアン》！〉

切迫した調子で応援を呼ぶ声が聞こえてくる。

何者かが侵入してきたのだ。

相手は、非合法組織か。それとも警察か。

4

ランドローバー・ディスカバリーを運転した北森は、奥多摩町棚澤まで到着すると、スマートフォンを確認する。入力された住所が示すのは、施設ではなく山の中だった。

司馬からの電話を受けた北森は、沙倉の家を後にした。その直後、暴力班の小薬から電話があった。棚田の場所が分かったという連絡だった。ＳＳＢＣの木梨に、第六機動隊の野本が接触しているという噂を耳にした小薬が、木梨から情報を聞き出した。小薬の情報を引き出す能力を空恐ろしく思う。過去にも、なかなか口を割らなかった相手に対し、小薬はいとも簡単に完落ちさせたことがあった。

棚田と呼ばれた場所は、かつて東京都奥多摩町棚澤にあった集落を指していた。どうして棚田と呼ばれていたのかは分からないようだが、棚田という言葉は、山地などの傾斜地に階段状に作った狭い水田を指すので、集落の生業を指してそう呼ばれたのかもしれない。東京都内に棚田はないとされていた。

ＳＳＢＣの木梨の話では、殺されて車内で発見された二つの遺体は、棚田から逃げてきた可能性があり、第六機動隊に身柄を確保されている中国人の男からも、棚田という単語を聞いたという話だった。

車内から見つかった密航者の遺体のうち、一人の内臓が抜き取られていた。

オープンライト。臓器移植。すべてが繋がる。

「おい。行くぞ」

司馬が、車の外から声を発する。大声なので、まるで耳の近くで怒鳴られているようだった。

関屋、小薬、力丸の姿も見えた。司馬から連絡があったあと、暴力班のメンバーに連絡して全員を集めた。明朝に棚田に行くというプランもあったが、木梨は第六機動隊にも棚田の場所を伝えたということだった。

先を越されたくはなかった。

スマートフォンをポケットにしまい、運転席から降りた。

時刻は午前一時半。周辺は暗闇に支配されていた。

棚田の場所は、目の前にそびえる山の中腹にあるようだ。小薬がSSBCで航空写真を見せてもらったらしく、木々の中に、家の屋根が僅かに映っていたという。

舗装されていない山道があったが、道幅が狭く、ランドローバー・ディスカバリーでは到底通れそうになかった。

「……歩くしかなさそうだな」

司馬は面倒そうな声を発してから歩き出す。横顔を見ると、好戦的な笑みを浮かべている。戦闘を期待しているのは明らかだった。

事前に準備していた一本の懐中電灯を北森が持ち、足元を照らしながら歩を進める。間伐などが行なわれていない木々は繁茂しているが、長年放置されているという雰囲気ではなかった。

先に進むと、一台の軽自動車が停めてあった。慎重に近づいてみるが、車内には人がいないようだ。

練馬ナンバー。もしかしたら、沙倉の車かもしれないと北森は思いつつ、その身を案じる。

視線を山道に向ける。この先の道も軽自動車なら通れそうだが、道幅はぎりぎりで、左右の木々も生い茂っている。脱輪の恐れがあるので、おそらくここに車を置いて歩いて登っていったのだろう。

先頭に関屋、その後に小薬と司馬が続く。北森と力丸は最後尾についた。

周囲は街灯がないために暗いが、月明かりのおかげで見通しは悪くなかった。足元を照らしつつ、山を登っていく。

すでに、歩道と呼べるような道はなくなっていた。険しい勾配を登っていく。

時計を確認すると、二時を過ぎている。

地図があるわけではないので、あとどのくらいで棚田に到着できるかは分からなかった。

「おい、明かりを消せ」

声を潜めた司馬に言われた北森は、慌てて懐中電灯のスイッチを切った。

全員が茂みに身体を埋《うず》め、周囲を窺う。

空から月明かりが降り注いでいるが、木々の枝が一部を遮り、強い濃淡が生まれている。

光から影、影から光へと移動する人の姿があった。

二人組だ。

月の光に照らされたとき、彼らの手に大きなサバイバルナイフが握られているのが見えた。二人とも、長袖の黒っぽいシャツを着ている。一人は腕捲《うでまく》りをしており、そこから刺青のような模様が覗いている。ヘッドライトを付けているようだった。

「こんな真夜中に、山の中で凶器を手に持っている奴が善人なわけがないよな？」

司馬が小さな声で北森に問う。思わず、頷いてしまった。

「おっしゃ」

そう言うと、低い姿勢を保ったまま、まるで平地であるかのように藪の中を進んでいく。司馬は元ラガーマン。ラグビーのタックルは守備においてもっとも基本的な技術だ。そのタックルの一番の基礎で、かつ重要な要素は〝低さ〟だった。身体の大きな相手でも、足下をすくえば簡単に倒れる。低い姿勢を維持したまま、十分な力を発揮するために、ラガーマンには強靱《きようじん》な足腰が必要だった。

司馬は、その巨体を低い位置で維持したまま、まるで平地であるかのように斜面を駆け上る。

二人組の背後に回り込もうと迂回《うかい》している司馬の姿が、闇と藪に紛れる。ただ、姿を隠すことはできても、足音を消すことはできない。二人組が警戒し、なにかを叫び始めた。日本語ではなく中国語だ。

唐突に、一人の男が吹き飛ばされた。まるで、トラックにでも撥《は》ね飛ばされたようだった。もう一人の男はトランシーバーを手に取った。

中国語で応援を呼んだ男はサバイバルナイフを無闇に振り回していたが、先ほどの男と同様に吹っ飛んで宙を舞い、斜面を転げ落ちていく。

関屋が動いたのを契機に、皆が司馬のほうに走り出す。倒れている男に近づいていくと、呻き声を上げていた。力丸が転げ落ちていった男を軽々と背負ってきて、横に並べる。

「とりあえず、縛っておこうね」

小薬はそう言うと、ポケットから結束バンドを取り出し、二人の手足を縛る。用意周到だなと感心しつつ、その手際の良さを恐ろしく思う。

「巡回にしては、物々しいですね」

息を切らした力丸が、地面に落ちているサバイバルナイフを見ながら呟く。額に浮かぶ汗が、月の光を受けて光っていた。

トランシーバーからは、怒鳴り声が聞こえてきている。

争うような音が、闇に沈んだ山に響くのを耳にした気がした。

5

野本は、第六機動隊の隊員三名と共に奥多摩町に向かうことにした。エリア警戒車であるトヨタSAIに搭載されているカーナビに住所を入力する。目的地が示す先は、山奥だった。

ここに、棚田があるという。

SSBCの木梨が、棚田の場所を特定した。戦時中の資料を調べ、そこから、非公式に棚田と呼ばれていた場所を東京都奥多摩町棚澤で発見した。そこは、池袋の車内で発見された男女が逃げる前にいた場所と一致していた。

当初より奥多摩について、警察が周辺への聞き込みをしていた。しかし、棚田についての情報はなかった。おそらくオープンライトは、細心の注意を払って信者などを運んでいたのだろう。そもそも、棚田に至るまでの山の麓にも、民家はなかった。過疎化したエリアだということは人目に触れにくいということだ。こういった環境も、拠点として選ばれた理由なのかもしれない。

棚田は、特殊なケシを栽培する場所だったらしい。

戦時中、日本は大麻の原料となるケシを学校の校庭など至るところで栽培していた。その九割が軍需用で、棚田のケシも軍需用として栽培されていた。ただ、棚田が栽培していたのは品種改良を重ねたもので、THC——テトラヒドロカンナビノールという成分の含有率が非常に高いものだったようだ。本土決戦を見据え、死を恐れぬ国民を量産するために用いられる予定だったという。効能が高いということは、反動である副作用も大きい。使い続けると精神が壊れてしまう可能性が高い代物だったらしいが、軍部は国民をなんとも思っておらず、副作用があっても、一度のバンザイ突撃ができればいいと考えていたのだろう。

結局、棚田産の大麻は使われることなく敗戦を迎えた。

棚田の戦後の記録は残っていなかったが、近年まで集落として人が住んでいたようだ。

「ここまでのようだな」

車で山道を登っていったが、道幅が狭くなっていた。航空写真を確認したところ、棚田へ向かう道は二つ確認できた。比較的大きな道を選択したつもりだったが、トヨタSAIでは通れそうにない。

「降りるぞ」

後部座席に座っている野本は言い、外に出る。

蒸し暑かった。

車から降りてきた三人の隊員に視線を向けた。皆、体力気力共に十分な人材であり、命令を忠実に守る。今回の任務に反発心を持っている可能性は否定できないが、下した命令を遂行するのならば、心の内でなにを考えていようと関係ない。

野本は、身体に付けている装備を確認する。

ポリカーボネート製の臑当《すねあて》と籠手《こて》。防護ベストはナイロン製で、前面にステンレスプレートが入っている。身体に沿って湾曲したプレートは、三十口径程度までの防弾性能も持たせてあった。ヘルメットは黒色で、バイザーのほか、頸椎《けいつい》保護用の垂れが付いている。ただ、ヘルメット自体には防弾性能はなかった。

今回の行動は、まだ捜査本部の承認を得ていない非公式のものだったので、拳銃は携帯していない。警棒のみが武器だった。それでも、こんな時間に棚田に突入しようと思ったのは、暴力班が動いたと知らされたからだ。

棚田の場所を特定したＳＳＢＣの木梨には、暴力班には絶対に伝えるなと念押ししておいたが、気弱そうな態度を見て、難しいだろうなと思った。暴力班の奴らの圧力に耐えられないだろう。そして、案の定そのとおりだった。木梨から連絡があり、暴力班に棚田の場所を教えてしまったという。

警視庁本部庁舎に勤める同僚に暴力班の動向を聞いたところ、暴力班部屋は無人だったという。

動きが速いなと感心しつつ、これはチャンスだと思った。

棚田に暴力班の関屋も行っているはずだ。

野本は、顔面の痛みが蘇ってくる錯覚に陥る。関屋に殴り飛ばされたことを、昨日のことのように覚えていた。隊に不適格な人間を排除する行為を苛《いじ》めだと指摘され、警察組織を辞めてから勝手に死んだ奴に謝罪しろと言ってきて、拒否したら殴ってきた。反撃できなかった悔しさが、今でも蟠《わだかま》っている。

棚田は、絶好の狩り場になるだろう。

不安要素は一点だけ。棚田を拠点とするオープンライトという宗教法人は、池袋で発見された二つの他殺体に関与している可能性が非常に高い。直接手を下したかは分からないが、普通の宗教法人ではないだろう。

野本は警棒を強く握りしめる。

殺しはしない。だが殺すつもりで、全員まとめて叩きのめしてやる。

6

北森は、息を切らしながら斜面を駆け上がっている。

サバイバルナイフを持っていた二人組を小薬が拘束したため、まずは尋問しようという提案をしたものの、司馬と関屋が言うことを聞かずに棚田に向かい始めた。

仕方なく、北森も後に続く。

斜面を登り切ると、戸建ての民家が密集するエリアに到達した。

「こんな山奥に、民家があるとはな」

家の窓から、いくつかの顔が覗いている。おそらく、信者だろう。そして、レッドマーケット——臓器売買の被害者になるはずだった。

「とりあえず、ここを制圧すりゃあ良いんだよな」

「……なにが良いのか分かりませんけど」

北森が答えつつ、窓から顔を出す信者たちに視線を向けると、彼らは慌ててカーテンの向こう側に隠れる。信者に交戦意欲はなさそうだった。

「オープンライトがどういった組織体系なのか分かりませんし、無闇に攻撃は——」

「向かってくる奴らを蹴散らせばいいんだろ」

北森の声を遮った司馬は、首の骨を鳴らし、満面の笑みを浮かべる。

言ったそばから、武装した三人組が現れた。一人だけ、派手な赤いアロハシャツを着ていた。全員、サバイバルナイフを持っている。ふと、池袋に停められていた車の運転席から発見された遺体のことを思い出す。全身に刃物による傷があった。棚田から逃げるときに負った傷なのだろう。

三人組が臨戦態勢を取った。それと同時に、司馬が突進して、あっという間に距離を詰める。ラグビー選手は瞬発力に優れており、トップスピードに至る時間は世界レベルの短距離ランナーとほぼ同等だった。

地球の重力を無視したような動きに驚いた三人組が、身体をのけぞらせる。

普通、人が行動を起こす場合、大脳前頭葉《だいのうぜんとうよう》の運動前野や前頭前野などが行動の目的や計画を立て、その行動計画に基づいて、脳は筋肉を動かすための指令を出す。その指令は、皮質脊髄路《ひしつせきずいろ》と呼ばれる神経経路を通って、脊髄や脳幹《のうかん》に伝わる。

人間はタイムラグなしには行動できないが、その時間を圧倒的に短縮しているのが司馬だった。

F1ドライバーが正しい判断を〇・三三秒で下すのに対し、一流のラグビー選手は〇・三一秒。結果、相手が行動を起こそうと判断したときには、司馬はすでに人間離れした速さで動き出しているので、相手は対応しきれずに動揺する。

その隙を司馬は見逃さなかった。

三人それぞれを、きっちり一撃で仕留める。

倒れた男たちに近づいた小薬は、手際よく結束バンドで拘束していく。鼻歌交じりで、まるで日常的に行なっているような手慣れた動作だった。

「次、行くぞ」

息巻いた司馬を先頭に、先に進む。しかし、すぐに立ち止まった。

四人の男が立っていた。

先ほど遭遇した人物たちとは明らかに違う。ポリカーボネート製の臑当と籠手。そして、防護ベストのほか、バイザー付きのヘルメットを着けている。月明かりの反射の加減で顔は確認できなかった。治安完全装備ではないものの、間違いなく機動隊の装備だ。

「よぉ、クソ野郎」

一番前に立つ男がバイザーを上に跳ね上げる。六機の野本だった。

「こんな場所で遭遇するとはな」

野本は、明らかに関屋に向かって話しかけている。

「お前にはなぁ、結構な借りがあるんだよ。覚えてるだろ。あの阿呆《あほ》が自殺したときのこと」

挑発するような調子で言った。

北森が関屋の様子を確認する。じっと、野本の方を睨んでいた。

「あいつが生きているとき、お前があいつを庇っていたのは知っていたんだ」

地面に唾を吐いてから続ける。

「だから一緒に排除しようとしたが、お前はタフだった。なにをしても動じない。でもな、お前のそういった態度が裏目に出て、お前のいないところであいつへの攻撃が増していったんだ。あいつ、名前はなんだったっけな……覚えてねぇけど、追い込んでいる最後あたりで、あいつにチャンスをやったんだよ。お前を裏切って、警棒で殴れってな。でも、あいつは拒否したんだよ。それがまた、むかつく態度でなぁ。いつも以上に追い込んだら、ようやく警察を辞めてくれたよ。それで、あっさり自殺しやがった」

それまで微動だにしていなかった関屋の顔が歪んだ。

その変化を見て、野本は嗜虐《しぎゃく》的な笑みを浮かべる。

「つまりだ。あいつがお前を殴らなかったから、あいつは死んだ。あいつが殴っていれば良かったんだ。警察組織を追われず、死なずに済んだかもしれない。だから、殴られなかったお前が、あいつを殺したようなものだ」

まったく理屈が通っていない。野本もそれを承知しているだろう。ただ攻撃し追い詰めたいだけの戯《ざ》れ言《ごと》。

「だからな。お前を殴る機会をずっと窺って――」

「まだなにか言いてぇのか?」

野本の言葉を遮ったのは、司馬の野太い声だった。

「やるか、やらねぇのか。ぺちゃくちゃ喋ってねぇで、腹を決めろ」

舌打ちした野本はバイザーを戻し、握っている警棒を構える。

「クソ暴力班もまとめて再起不能にしてやるよ」

六機の四人が一塊になって突進してくる。黒い巨大な塊に見えた。

どうすれば良いのか戸惑っている北森を尻目に、司馬と関屋は両手を地面に付けて、短距離走者のようなクラウチングスタートの体勢になった。

相手は警棒を持っている。黒い六五型警棒は殺傷目的の構造ではなかったが、威力はある。いくら強靱な肉体を持っていても、警棒の打撃は脅威のはずだ。

刹那《せつな》。司馬と関屋は低い姿勢のまま、飛び出すように走り出した。瞬く間に、二人の頭が六機隊員の腹部辺りに突き刺さる。防護ベストの内側にあるステンレスプレートが鈍い音を立てる。

司馬に衝突された隊員は、弾き飛ばされる寸前に警棒を司馬の背中に振り下ろす。しかし、司馬はダメージを受けていないようだった。

一方、関屋がぶつかった隊員は大柄だったため、衝撃で宙に浮いたものの倒れることはなかった。普段なら吹き飛ぶ。防護ベストが衝撃を和らげたのだろう。

だが、関屋はすぐに隊員に摑みかかり、両手で投げ飛ばした。関屋はレスリング選手時代、中量級だった。身体もそれほど大きくはない。それでも、大柄な隊員を投げ飛ばすことができるのは、レスリングが摑んだり投げたりする競技であり、身体の大小だけで優劣が決まるものではないからだ。

司馬は隊員を倒した後に間合いを取ったが、関屋は身を翻《ひるがえ》して、即座に次の獲物に近づく。背中に目が付いているのではないかと疑ってしまうような動きだった。

間合いを詰められた隊員が警棒を振り、それが空振りになると、今度は鉄板の入った安全靴で蹴り上げる。関屋は、そのすべてを予期しているかのように避けると、バックドロップで相手を投げ飛ばす。

一瞬のうちに、三人が地面に突っ伏している。

「頭に当たらなけりゃどうってことねぇんだよ！」

司馬は、警棒で殴られた背中をもぞもぞと動かしながらせせら笑う。

普通の人間なら警棒で殴られれば悶絶するので、明らかに感覚がずれている。ただ、暴力班のメンバーは普通の人間の埒外《らちがい》にいるので、北森は驚かなかった。

バックドロップをした直後、警棒が振り下ろされ、関屋の肩に直撃する。

最後に残った一人である野本の攻撃を避けられなかった関屋は、飛び退《の》いて肩に手を当てる。顔を歪めているが、声一つ発していなかった。

いつの間にか、司馬は後ろに下がっていた。

関屋と野本が相対する。

「……くそがっ」

野本はヘルメットを取り、投げ捨てる。

「なんで分からねぇんだ。お前らは組織の邪魔者なんだよ。いらねぇものは、さっさと退場すりゃあいいんだ。それが組織のためなんだよ！」

怒りが収まらないのか、身体をわなわなと震わせている。今にも、地団駄を踏みそうな調子だった。

低い姿勢でにじり寄っていた関屋が動きを止め、唇を僅かに動かす。

「……そうやって、お前は組織のためだと言っているが、組織のためではなく、お前のためだろ。身勝手な自分自身のためだろ」

よく通る声だった。

「誰がなんと言おうと、俺たちは悪人を成敗する警察官だ。不当に組織を追われる筋合いはない。お前の個人的な感情に付き合っている暇もない」

関屋の言葉を受けて顔を歪めた野本は、歯を剝き出しにする。歯ぎしりが聞こえてくるようだった。

「ふざけんじゃねぇぞ！　お前らみたいなはみ出し者が警察官を名乗るんじゃねぇ！」

野本が叫び声を上げる。

それとほぼ同時に大きな破裂音が聞こえ、北森は身体を固くした。

破裂音は、銃声だと遅れて認識する。

いったい、何事だ。

痛いほどに脈打つ心臓。恐怖に視野狭窄《きょうさく》が起きた。

周囲を確認する。

白い箱を思わせる大きな建物の前に、一人の男が立っていた。知らない顔だった。男の手にはライフル銃が握られている。

「お前ら、なにやってんだ」

細い目で睥睨《へいげい》する男は、淡々とした口調で言い、全員に視線を向ける。

「……警官に、ヤクザか？　こんな山奥でなにやってんだよ」

「おい、誰がヤクザだ。人を見た目で判断すんじゃねぇ」

司馬は文句を言いつつ、警戒するような視線をライフル銃に注いでいる。

「別に、お前たちが誰でも構わない。すぐにこの世から消えるからな」

「……僕たちは警察官だ。これ以上、罪を重ねることは止めたほうがいい」

北森は空虚な内容だと思いつつ、言葉にする。

案の定、男は皮肉るような笑みを浮かべた。

「ここには防犯カメラもなければ、目撃者もいない。俺が警官を殺して、いったい誰に咎められる？　遺体は溶かすから、跡形もなくなる。証拠も残らない。ここには、そういった設備が整っているんだ。たとえ警察が捜査に入ったところで、自然派コミュニティーだってこと以外は分からない」

男がライフル銃を構える。

　そのとき、司馬が小声を発する。

「日本のライフル銃の装弾数は五発。薬室内に一発あったとしても六発で、さっき一発撃ったから、やはり多くて五発だ。ちょうど、俺たち五人を仕留めることができる。ただ、もう一人いる」

　司馬は、視線を野本に向ける。

「おいてめぇ。このまま的当ての的になって死にたいか？」

　問われた野本は、苦々しい顔を浮かべる。

「……くそっ」

　悪態を吐いた野本を見た小薬が、僅かに肩をすくめる。

「このまま全員が的になるよりは、一斉に襲いかかって、誰か一人でもあの男に到達して殴り倒すって作戦ね。すっごく嫌な作戦」

　同感だと思いつつ、北森は男を見る。

たまたまライフル銃を持っているわけではなく、普段から使っているような自信が窺えた。

　この中でもっとも防御力が高いのは、防弾ベストを着ている野本だ。三十口径ほどの銃弾は防げると言われているが、保障はないし、防弾ベストで守られている部分以外を狙われる可能性もある。

「迷っている暇はねぇぞ。全員で、一気に走り出す」

司馬が声を発する。

北森は、呼吸を整えるために深呼吸をする。恐怖で足がすくむ。しかし、このまま座して死ぬつもりはない。生き残れる確率は、どのくらいだろうか。頭の中で計算しそうになったが、止めた。出たとこ勝負だ。

意を決したところで、男が眉間に皺を寄せた。

「……全員で一斉に突撃——特攻隊ってわけか」

男は、ただな、と続ける。

「俺は熊狩りをしていたからな。命中精度は高いぞ」

そこまで言って、男は口を噤む。

倒れていた三人の隊員がよろよろと起き上がり、肩で呼吸をしながら暴力班に加わった。突撃に参加するということなのだろう。

「一時休戦ってところか」

司馬は鼻を鳴らして言う。機動隊員たちはなにも答えなかった。

「……こんなにいたのか」

男は細い目を見開いた。

「面倒だな……さっきの女といい、今日は招かれざる客が多いな」

その言葉に、北森は目を見開く。

女――もしかしたら、沙倉かもしれないと北森は思う。やはり、ここに来ていたのだろうかと考えていると、隣にいた力丸が不意に言葉を発する。

「その女性って、沙倉さんって名前ですか？」

「ん？　なんだ、お前たちの仲間だったか。たしかに、沙倉舞って言っていたな。まだ生きているだろうが、いずれお前たちを追って死んで――」

男の言葉が終わらないうちに、力丸が巨体からは想像もつかないスピードで駆け出した。地球の重力を無視するような動き。

北森は、平成の大横綱の一人である白鵬《はくほう》についての記事を思い出していた。白鵬の初速は秒速四メートルで、この数値は短距離走の世界一を獲《と》ったウサイン・ボルトの初速とほぼ同じということだった。

あっという間に、間合いを詰めていくが、男の反応も早かった。すぐにライフル銃を構えて、銃弾を発射する。

周囲に銃声が響き渡る。

力丸が斃《たお》された――そう思ったが、目の前では異様な光景が繰り広げられていた。

力丸が、宙に浮いていた。大きく横に跳んで相手をかわす相撲の技である、八艘飛《はっそうと》びだ。もともと、義経《よしつね》の八艘飛びと言われ、海上での戦いとなった壇ノ浦《だんのうら》の合戦の際、義経は約六メートルの距離を跳んで船に飛び移ったという逸話があり、それが相撲の技の名前になった。

力丸は、まさに六メートルほど斜め前に跳んだように見えた。走り幅跳びの世界記録は八メートル台。人間の能力として六メートルは可能だが、力丸の体格を鑑みると異様に見えた。

それも一度ではなく、三度。ワイヤーアクションに近い動きだった。

銃声は五度。すべての弾を撃ちつくし、すべてが外れた。想定外の動きに、男は動揺しているようだった。

三度目の跳躍で力丸は男に飛びかかり、下敷きにしてライフル銃を奪い取り、遠くに放る。

その頃には全員がライフル銃を持つ男の元に到着していた。

「くそ！　なんなんだ！」

男が喚《わめ》き散らしている。機動隊の一人がライフル銃を奪取した。結束バンドで縛れば、脅威ではなくなる。

北森がそう思って小薬に指示をしようとした瞬間、司馬の拳が男の顔面にめり込み、鈍い音が響いた。

「俺に刃向かうとこうなるんだ。覚えておけよ」

気絶している男に向かって言い放った司馬は、白い歯を覗かせた。

「念のため、縛っておくね」

小薬は愉快そうに笑いながら、結束バンドで拘束する。

今の行為は見なかったことにしようと心に決めた北森は、視線を上げた。

白い箱のような建物はよく手入れされており、清潔感があった。おそらく、ここが重要な拠点なのだろう。軽自動車が二台停まっていたが、車内は無人だった。

視線を建物全体に這《は》わせていると、玄関に人の影が見えたような気がした。

北森はガラス製の扉の前に行き、中の様子を窺う。

「……この中に、なにかありそうだね」

いつの間にか隣に立っていた小薬が呟く。

「中に入ってみましょう」

北森は言いつつ、ガラス扉を開けて中に入る。

病院の待合室を思わせる空間が広がっていた。壁に案内板。かつて、医院だったことが窺える。

力丸も加わり、三人で奥に進む。

引き戸を開けると、診察室が現れた。そこに、縛られた二人。

「歌野ちゃん！」

小薬と力丸が同時に叫ぶ。

「沙倉さん！」

二人を拘束している結束バンドを、診察用デスクの上に置いてあったハサミで切る。

そして、再会を喜び合った。

一歩退いた場所でその様子を眺めていた北森は、二人に怪我がないことを見て安堵する。

医院の中を確認していく。

奥まったところにある部屋の扉を開けると、中央をガラスで仕切られた部屋に至った。手術室を思わせる空間には、手術台が二台。男性と女性が横たわっていた。医療機器が並んでおり、その一つで心拍を読み取ることができる。二人とも、生きているようだ。

ちょうど、移植手術を行なっていたところだったのだろう。

つまり、移植の執刀医がいるはずだ。先ほど、ナイフを持って現れた男たちの中にいたのだろうか。

そう思いつつ振り返ったとき、白衣を着た女が立っていることに気付いた。

「なっ……」

北森が身を固くした瞬間、女がメスを振り下ろしてきた。

肩に刺さり、北森は顔を歪める。

怯んだその隙に、女が逃げ出した。

「ま、待て！」

肩の痛みを我慢しながら、北森は後を追う。血は出ているが、メスの刃渡りから考えて、それほど深い傷ではないはずだ。

傷口を手で押さえながら医院を出ると、空が白んでいた。司馬や関屋の姿はない。

白衣を着た女は、軽自動車に向かっている。車に乗られたら、追うのは困難だ。

足に力を込める。しかし、上手く前に進まない。

ちょうど、女が軽自動車に到達したときだった。ぬっと、大きな影が現れた。

「え？」

女が声を発したのが北森の耳に届く。

次の瞬間。女が吹き飛んだ。まるで、四肢が安定しない人形を放り投げたかのようだった。大きな影と北森の中間あたりに倒れ込んだ女の頭は、ほとんど反対側を向いていた。

大きな影が近づいてくる。

熊だった。

北森が絶句していると、いつの間にか司馬と関屋が隣にいた。少し離れた場所には、野本たち六機の隊員の姿もある。

「おい、東京も熊が出るのかよ」

呆れたような声を発した司馬の表情は引き攣っている。いや、笑っていた。

「……熊と遭遇したら、死んだふりでしたっけ……」

北森は、熊に視線を向けたまま訊ねる。全長、百二十センチメートルほどだろうか。本州なので大型のヒグマではなく、ツキノワグマだろう。ただ、ツキノワグマの力は人間の五倍ほどにもなると聞いたことがあった。人間の嚙む力は約八十重量キログラムだが、ツキノワグマは約四百重量キログラムにもなる。人間の骨など、楽に嚙み砕いてしまう。それに、握力も人間の十倍もあるので太刀打ちできない。

「背中を見せずに後退するか、大声を出して威嚇するか、うつ伏せになって首を手で守るようにしてやり過ごすかだろうな」

関屋の言葉を受けた司馬は、短い笑い声を上げる。

「……普通はな」

続けてそう言った司馬は、指の骨を鳴らした。

「北海道のヒグマだったら、さすがの俺も無理だが、ツキノワグマなら勝てる」

北森は、自信を覗かせる司馬の顔を見る。

「……熊と戦ったこと、あるんですか？」

「あるわけねぇだろ。でも、分かるんだよ。なんとなく」

ふっと息を吐いた司馬は、目を据え、迷うことなく突進していく。

呼吸を合わせたかのように、熊も立ち上がって威嚇しながら迫り来る。ものすごいスピードだった。空気を鋭く切り裂くような突進。

互いの距離がゼロになる。

最初の打撃は、熊からだった。前足を振り、相手を爪で切り裂こうとする。司馬は身体を地面に伏せて避けると、すぐに立ち上がり、熊に掴みかかる。相撲の〝がっぷり四つ〟の体勢だ。

「ぐっ」

司馬は顔を歪める。

組み合う際、熊の爪が食い込んだのか、服の背中が切れて血が出ている。顔の近くにある熊の爪に、司馬の息が吹きかかって、水蒸気で湿る。

肩に刺さった爪を引き抜こうとするが、上手くいかないようだった。

それでも、司馬は一切力を緩めなかった。司馬の頭に熊の涎《よだれ》が落ちる。

獰猛《どうもう》な声に、鼓膜が震える。

そのとき、さっと、朝日が木々の隙間を縫って両者を照らした。光によって視界が遮られ、目をすがめた司馬は、大きく息を吸い込んだ。

「今だ！」

司馬が叫ぶ。

それに呼応するかのように、先ほどまで北森の近くにいた関屋が間合いを詰め、熊の右目を突く。熊の咆吼《ほうこう》が周囲一帯を満たし、激しく前足をばたつかせる。

空を切る音が暴力的で、当たったら肉が削げるのは間違いない。

司馬はその前足を掻い潜《くぐ》り、熊の鼻に打撃を与える。

熊の威嚇するような声が、叫び声に変わり、涎をまき散らしながらその場に倒れ込む。

司馬は肩で息をしながら、地面を揺するようにして荒れ狂う熊を凝視していた。異様な光景だった。

やがて、唸り声を上げて四つ足で立った熊は、数秒の対峙の後、司馬に背を向けて山奥へと姿を消していった。

その姿を見送った司馬は、その場に座り込んだ。

「……熊が小さくて助かった」

肩から流れる血を手で押さえた司馬は、乾いた笑い声を上げた。

それに対して、関屋は立ったまま振り返り、真《ま》っ直《す》ぐに野本の元に向かう。

野本がなにかを言おうと口を開いたとき、関屋の拳が野本の顔面にめり込んだ。

身体が吹き飛び、二本の歯が、太陽の光を浴びながら宙を舞う。

地面に打ちつけられた野本は、自分の身になにが起きているのか分からない様子だった。

「……まだ足りないが、これで許してやる」

関屋の声は、無理やり感情を抑え込むように震えている。

仰向けの状態で倒れている野本は、目を見開き、明るくなった空を凝視していた。

7

棚田での一夜が明け、警視庁の捜査員たちがオープンライトの拠点に大挙した。

捜査している中で分かったのは、この場所で移植手術を行なっていたこと。ドナーとなった密入国者や国内で集められた信者は、医院にある設備で骨を溶かされ、跡形もなく消されていたらしかった。臓器移植について記録したノートパソコンには、八百人以上のドナーとレシピエントの情報が記載されていた。また、移植の情報も詳細に記されており、棚田では臓器移植だけを行ない、それ以降のケアは、全国十二カ所のクリニックで免疫抑制剤の処方が行なわれていたらしい。これらのクリニックは、倫理を無視してでも移植を希望するレシピエントの情報提供もしていたようで、違法な臓器移植にどれほど関与しているのかは、これから調べを進めるということだった。

棚田にいたオープンライトの三名の幹部のうち、移植手術を担当した朝川という医師は熊の一撃を受け、頸髄《けいずい》損傷によって即死。ほかの二名は逮捕された。

棚田にいた信者の数は三十五名。全員、自分が移植手術の臓器提供者になることを知らなかった。

この事件については、週刊東洋が特集を組むらしい。潜入取材をした歌野がそう息巻いていた。

「どうしたの？」

沙倉に声を掛けられ、北森は我に返る。

前回同様、新丸ビルのハワイ料理を提供する店に呼び出されていた。

明日、沙倉はハワイに発《た》ち、以前から誘われていたカフェの手伝いをするということだった。本当は、もう少し日本で過ごすつもりだったが、今回の一件で人間の死を意識して、やりたいことはすぐに実行に移そうと思ったという。

「本当、いろいろ、ありがとね」

感謝の言葉を聞くのは、もう何度目だろうか。

あの日、北森たちが棚田に行っていなかったら、沙倉と歌野は殺されていただろう。間に合ってよかったと思う反面、もう少し早く棚田の存在を特定できていればという不《ふ》甲斐《がい》ない気持ちもあった。

沙倉が探していた綾佳は移植手術目前だったが、無事に保護された。今は、親元に戻っているらしい。

「まさか、人を殺して臓器を売り捌いていたなんて」

沙倉は理解できないといった調子で言う。

人を犠牲にして、その臓器を移植して生き長らえている人がいることが北森も信じられなかった。

ただ、報道によれば、途上国では自分の子供を臓器売買組織に売り渡したり、日本でも、海外に渡航して違法な生体移植の斡旋により、実際に手術を受けるケースは後を絶たないということだった。

逮捕された幹部の話では、オープンライトの幹部はほかにもいるようだったが、まだ足取りは分かっていない。

「ハワイに来たら、店に寄ってよ」

沙倉ははにかむ。

その笑顔を見て、間に合って本当に良かったと心から思った。

「あ、あの……僕は……」

今まで黙っていた力丸が口を開いたが、語尾が萎んでいく。

今回は、沙倉がハワイに行ってしまうということで、門出を祝う壮行会を兼ねていた。

そのため、北森は力丸も誘っていた。

好きな人と一緒にご飯を食べることができる喜びと、その人が日本を離れてしまうという悲しみを抱えた力丸は、先ほどから浴びるように酒を飲んでいる。

恋の行方がどうなるか分からなかったが、力丸の気持ちを汲《く》み、二人きりにするべきだろう。北森は立ち上がった。

「ねぇ」

沙倉が呼び止め、北森を上目遣いで見る。

「事件の黒幕に、しっかりと罪を償わせるよね？」

念を押すような声だった。

事件の黒幕――棚田での臓器移植のスキームを作った人物は、まだ捕まっていなかった。沙倉の瞳が、僅かに潤んでいるように見えた。今回の違法な臓器移植によって、助かった人間がいる。ただ、犠牲になった人間も多く存在していた。

命を落とした被害者たちは、この世から姿を消しても世間に顧みられることなく、探されることもなかった。

棚田に残っていたカルテには、臓器移植によって殺された被害者たちの本名が記されていた。それを基に警察は親族に連絡を取っているものの、絶縁状態の場合も多く、なかなか話を聞くことができずにいる。また、天涯孤独の人も少なくなかった。

彼らの無念を思うと、北森は胸が締め付けられる。

財布から一万円札を二枚取り出した北森は、テーブルに置く。

「もちろん。しっかりと落とし前をつけさせるよ」

そう答え、片頬を無理に上げた。

新丸ビルを出てからスマートフォンを取り出すと、ちょうど着信がある。司馬からだった。通話ボタンを押す。

〈さっき、快楽飯店の李に会いに行ったんだが〉

僅かに声が弾んでいるような気がする。圧迫感のある声量のため、スマートフォンを少し耳から離した。

快楽飯店の李。亀戸を拠点にする紅星という組織のトップ。

〈棚田から逃げ出して、池袋に停めてあった車の中で死んでいた男がいただろ。リュウファンって名前の奴だが、やっぱり紅星を頼って亀戸に向かっていたようだ。中国人コミュニティーというのは、思っている以上に日本に根を張っているらしくてな。リュウファンも、逃亡しながら紅星の存在を知り、公衆電話から連絡してきたらしい〉

やはり、そうだったのか。

最初、快楽飯店に行ったときは重要な情報を得ることができなかった。ただ、司馬は李がなにか情報を握っていると感じていたらしく、単独行動で快楽飯店に行っていたのだ。

――どうして、李が情報を持っていると思うのか。

北森の問いに、司馬はなんとなく臭うのだと答えていた。つまり、野生の勘というやつだろう。

「それで、なにか分かりましたか」

オープンライトについての捜査は続けられており、関係者も逮捕されている。しかし、首謀者はまだ見つかっていなかった。

捜査本部は、首謀者についての情報収集に心血を注いでいる。

〈結局、リュウファンは亀戸まで辿り着けなかったから、李は接触していない。ただ、李も独自に棚田の人身売買組織のことを調べていたらしくてな。それで、日本に高級な臓器農場を作ろうと動いていた男の情報を入手していた〉

全身が粟立《あわだ》つ。

電話越しに、司馬の笑い声が聞こえてきた。

〈李が言っていたよ。外道のマフィアは同志ではないから、早く始末してくれってな〉

epilogue ―エピローグ

成田空港に到着すると、ファーストクラスラウンジに入り、ビールを飲む。そして、タブレットで寿司《すし》を注文すると、ソファに腰掛けた。

時計を見る。出国までもう少し時間があった。

もっと早く国外に出たかったものの、いろいろと片付けなければならなかった。危険は承知の上だったが、お陰で痕跡を消すことはできた。

王は、ビールを飲み干し、次にサーブされた日本酒に口をつける。

スーツの袖にシミが付いていることに気付き、舌打ちをした。

日本での臓器農場計画については、もっと息の長いビジネスになると思っていたが、当てが外れた。ただ、十分に元を取ることができた。このビジネスのノウハウも学んだ。また別の場所で展開すればいい。

この世界では、人体の組織が商品として盛んに売買されている。そうした取引が続いた結果、市場の法則が支配した。すべての組織に値札が付き、売り買いがされている。

そうなれば、次は質が問われる。牛の等級と同じく、人間の臓器にも等級がある。国籍、性別、年齢、生い立ちといったものにランクが付けられ、値段に反映される。

レシピエントは誰だって、健康で清潔な臓器が欲しい。その需要を満たすために、供給を行なうのだ。

金持ちは、劣悪な環境で育った、感染症の可能性のある臓器を欲しがらない。だからこそ、人体組織の高級路線化を進めるべきだと考えていた。

今回は、ドナーの不足を補うために中国の死刑囚も使ったが、今後は現地調達だけで賄えるだろう。この世から消えても誰も気にしないという人間は、意外と多くいることが分かった。

次はもっと上手くやれるはずだと、王は自分に言い聞かせる。

「くそっ」

日本でのビジネスを邪魔された怒りで、唇が歪む。

寿司を口の中に放る。やはり、寿司は好きになれない。魚の生臭さを感じて不快だったので、日本酒で流し込んだ。

「少しお時間、いいですか」

その声に顔を上げた王は、怪訝《けげん》な表情を浮かべる。貧弱な男が立っていた。スーツを着ているが、係員には見えない。

「王浩軒《ワンハオシュエン》さんですね？」

その言葉を聞いた王は、日本酒の残ったお猪口《ちよこ》を男に投げつけて立ち上がり、ラウンジの出口へと向かう。この国では本名を明らかにしていない。不味いことが起きていると直感が告げた。

「ちょっと！」

男が追ってくる気配がしたので、振り返って打撃を加えようとするが、別の方向から腕を摑まれた。

一人ではなかったか。王は拳を握り、蹴りを食らわせる。武道には覚えがあったし、今までも多くの修羅場を乗り越えてきた。今回も、切り抜けてみせる。そう決心した一撃だった。

繰り出した足が、腕を摑んだ男の脛《すね》に当たる。

王は顔を歪めた。手応えがまったくない。人体ではなく、なにかものすごく固い物体に蹴りを入れたような違和感。

「痛くねぇな」

男は笑みを浮かべ、手に力を込める。王は、万力《まんりき》で締め上げられたような腕の痛みに、情けない声を漏らした。

丸太のような腕の主は、その腕の太さに見合う大男だった。

「やるのか？」

男の野太い声に、好戦的な笑み。人を薙ぎ倒すために作り上げられたような身体。ラグビーでもやっていたのだろう。

戦意を削がれる。

「……いや、平和的にいこう」

王は、ため息交じりに言う。

先ほどの男が、日本酒の匂いを伴ってやってくる。残りも飲んでおけばよかったと呑《の》気《き》なことを考える。王は、自分が現実逃避をしていることに気付き、気を引き締める。

「警視庁捜査一課の北森です」

濡れた肩を手で払いつつ、北森は続ける。

「組織的人身売買組織であるオープンライトの件で、お聞きしたいことがあります」

北森が凶暴な男に視線を送ると、手の拘束が解かれる。

「良いでしょう。捜査に協力します」

ネクタイの位置を直しながら言う。

オープンライトに関係する証拠はすべて破棄している。おそらく、オープンライトの朝川が遺《のこ》した資料から王まで辿ってきたのだろうが、有罪にはなるような決定的なものはないはずだ。大丈夫だ。逃げ切れる。ここは日本だ。祖国に比べれば、取り調べは緩い。

「ご協力、感謝します」

北森は続ける。

「今、組織的人身売買の件を捜査しておりまして、ちょうど、中国の捜査機関でも違法臓器移植の件で捜査を進めているようで、異例ですが合同捜査をすることになっているんです。ご協力いただけるようでしたら、あなたのご希望に添えるかもしれません。少なくとも、人道的な扱いをすることを保障します」

それを聞いた王は、舌打ちをする。

中国側の奴らは、間違いなく王を切り捨てるだろう。それだけではなく、命を奪いにくるかもしれない。今は、日本に居続けるほうが得策だ。

「……良いでしょう。私は、人助けを生業にしたいと思っている、ただの商売人ですから」

一拍置いた王は、笑みを浮かべる。

「……救われたいと願う人が目の前にいたら、人助けをしたいと思いませんか？　私は思います。私は博愛主義者ですから。疚しいことは一切ありません」

思考せずに出た咄嗟の言葉に、王は満足した。

その途端。

王の頬に、北森の拳がめり込む。拳は、鼻梁にも当たっていたので、鼻血が吹き出た。

「なっ……」

王は、鼻に手を当てて、血走った目を見開く。

どう見ても、暴力とは無縁の男からの攻撃に、動揺を隠せなかった。近くにいる大男は、感心するような表情を浮かべている。二人の関係性は不明だったが、おそらく、大男が師匠の立場なのかもしれない。

喉に溜まった血を床に吐き出した王は、口元を袖で拭う。

「……日本の警察ってのは、節度があるんじゃないのか？　暴力は許されない。これは違法な捜査だろ」

その言葉を聞いた北森は、微かな笑みを浮かべる。

「暴力班の班長になる前ならば、その言葉に同意していました……でも、今は違います。暴力を振るうのは犯罪であり、決していいことではありません。しかし、暴力でなければ対処できない事案があります。暴力で対抗しなければならない悪は、たしかに存在します。そういった事件に対処するためにアクトアップ——勝手にふるまうのが、暴力班です。厄介なことを解決するために、我々は寄せ集められたんです」

北森は、表情を引き締める。

「日本の警察官は、通常、暴力的ではありません。でも、我々は警察官ですが、それ以上に、暴力班です。だから、始末書は避けられなくても、常識なんてクソ食らえ、ってやつです」

そう言った北森は、再び拳を握りしめた。

「一発くらいなら、いいでしょう」

アクトアップ　警《けい》視《し》庁《ちよう》暴《ぼう》力《りよく》班《はん》　朝日文庫

2024年11月30日　第1刷発行

著　者　石《いし》川《かわ》智《とも》健《たけ》

発行者　宇都宮健太朗
発行所　朝日新聞出版
〒104-8011　東京都中央区築地5-3-2
電話　03-5541-8832（編集）
03-5540-7793（販売）
印刷製本　大日本印刷株式会社

Published in Japan by Asahi Shimbun Publications Inc.
定価はカバーに表示してあります

ISBN978-4-02-265176-1
落丁・乱丁の場合は弊社業務部（電話 03-5540-7800）へご連絡ください。
送料弊社負担にてお取り替えいたします。

堂場　瞬一
暗転
新装版

大惨事をもたらした列車転覆事故。被害者の雑誌記者は真相を求めてペンを握った。鉄道会社や警察をはじめ、それぞれの思惑が錯綜するサスペンス。

堂場　瞬一
内通者
新装版

妻の死、いわれなき告発、娘が受けた脅迫電話……。捜査指揮権を奪われた結城に、犯人が突きつける真実とは？　《解説・あわいゆき》

麻見　和史
擬態の殻
刑事・一條聡士

裂かれた腹部に手錠をねじ込まれた刑事の遺体。ある事件を境に仲間との交流を絶った捜査一課の一條は、前代未聞の猟奇殺人に単独捜査で挑む！

麻見　和史
殺意の輪郭
猟奇殺人捜査ファイル

都内で発生した連続猟奇殺人事件。刑事課の尾崎は、捜査を進めるうちに相棒の広瀬に不信感を抱きはじめ……。書き下ろしシリーズ第一弾！

月村　了衛
黒涙《こくるい》

警察に潜む〈黒色分子〉の沢渡は、黒社会の沈とともに中国諜報機関の摘発に挑むが、謎の美女が現れ……。傑作警察小説。　《解説・若林　踏》

月村　了衛
黒警《こくけい》

刑事の沢渡とヤクザの波多野。腐れ縁の二人の前に中国黒社会の沈が現れた時、警察内部の深い闇が蠢きだす。本格警察小説！　《解説・東山彰良》

朝日文庫

今野 敏
精鋭
新人警察官の柿田亮は、特殊急襲部隊「SAT」の隊員を目指す！ 優れた警察小説であり、青春小説・成長物語でもある著者の新境地。

六道 慧
黒崎警視のMファイル
傍若無人に振る舞う黒崎警視。彼が持つ警視庁幹部の醜聞が書かれたMファイル。その奪取を目論む刑事部の灰嶋は……。書き下ろし警察小説。

六道 慧
ロゼッタ・ストーン
黒崎警視のMファイル

相棒の相沢詩織が、潜入捜査中に謎の言葉を残して姿を消した！ 彼女の痕跡を追う刑事部の灰嶋が目にしたのは……。先読み不能な痛快警察小説。

碇 卯人
杉下右京の密室
右京は無人島の豪邸で開かれたパーティーに招待され、主催者から、参加者の中に自分の命を狙う者がいるので推理して欲しいと頼まれるが……。

碇 卯人
杉下右京の冒険
杉下右京は溺れ死んだ釣り人の検視をするために、火山の噴火ガスが残る三宅島へと向かう——。大人気ドラマ「相棒」のオリジナル小説第二弾！

碇 卯人
杉下右京の多忙な休日
杉下右京は東大法学部時代に知り合った動物写真家・パトリシアに招かれてアラスカを訪れる。そこでは人食い熊による事件が頻発しており……。

横山 秀夫
震度0《ゼロ》
阪神大震災の朝、県警幹部の一人が姿を消した。失踪を巡り人々の思惑が複雑に交錯する。組織の本質を鋭くえぐる長編警察小説。

宮部 みゆき
理由
《直木賞受賞作》
超高層マンションで起きた凄惨な殺人事件。さまざまな社会問題を取り込みつつ、現代の闇を描く宮部みゆきの最高傑作。《解説・重松 清》

畠中 恵
明治・妖《あやかし》モダン
巡査の滝と原田は一瞬で成長する少女や妖出現の噂など不思議な事件に奔走する。ドキドキ時々ヒヤリの痛快妖怪ファンタジー。《解説・杉江松恋》

畠中 恵
明治・金色《こんじき》キタン
東京銀座の巡査・原田と滝は、妖しい石や廃寺の噂など謎の解決に奔走する。『明治・妖モダン』続編！ 不思議な連作小説。《解説・池澤春菜》

村上 貴史編
葛藤する刑事たち
警察小説アンソロジー
黎明／発展／覚醒の三部構成で、松本清張、藤原審爾、結城昌治、大沢在昌、逢坂剛、今野敏、横山秀夫、月村了衛、誉田哲也計九人の傑作を収録。

米澤穂信、呉勝浩、黒川博行、麻見和史、長岡弘樹、深町秋生・著／村上貴史・編
刑事という生き方
警察小説アンソロジー
新人が殉死した現場の謎（「夜警」）。強盗事件捜査が導くものは（「文字盤」）。ルーキーにベテラン、多様な警察官たちの人生が浮かび上がる。